传记式虚构系列

张何之 ◎ 主编

Vies volées
被偷走的生命

Christian Garcin

［法］克里斯蒂安·加尔桑　著

黄春丽　译

华东师范大学出版社

·上海·

华东师范大学出版社六点分社　策划

湖北理工学院校级科研项目"柯斯迪昂·卡尔桑的作品与翻译研究"（17xjr01R）的主要成果之一

总　　序

　　为人物立传自古有之,但传记(biographie)一词至十七世纪方才出现。它源于两个古希腊单词"βιoς/bíos"(生活)和"γρὰψτε/gráphô"(书写),指一种依据现实材料记述人物生平事迹的文学体裁。从《圣经》使徒行传、普鲁塔克的《希腊罗马名人传》至盛行于中世纪的圣徒传(hagiographie),尤其是《金色传奇》(Legenda aurea),纵观西方传记传统,值得"立传"的生活,乃是共同体中的辉煌"人生"。

　　古希腊人用两个不同的概念来谈论如今我们所说的生活或人生(vie):"βιoς/bíos",指人的生活方式,谋生道路,在古希腊文本中,bíos 一词总伴随着对意义的评价出现,或为光辉的,胜利的,或为失败的,总之,那是一种个人或团体在其所处世界获得了政治/宗教意义的生活;另一个词是"ζωή/Zoé 或 zoï",指存活的朴素事实,与死亡相对。通过书写,帝王、英雄或圣人们的人名和事迹在他们死后被集体的记忆所铭记,同时也

1

塑造并维系着集体的记忆。Bios 的辉煌拯救了 zoé 的晦暗，而这一超越性的基础恰恰是人终有一死。传记与人生同构，拥有相同的既定结局，可以说，在传记中，是死亡令生活长存。

进入十九世纪，法国作家马塞尔·施沃布（Marcel Schwob）用一本《假想人生》（Vies imaginaires）轻轻敲动了传记传统的坚固建筑。如书题所示，二十二篇短篇人物小传不再以事实为唯一依据："传记作者，如同低阶天神，知道如何从芸芸众生之中挑选独具一格之人"（施沃布语）。"天神"（divinité）一词强调了文本的创造性，从此，虚构叙事逐渐入侵传记文体，引发了一场从二十世纪七十年代末开始盛行于法国文坛的传记书写新浪潮：传记式虚构（fictions biographiques）。

不同于传统传记，传记式虚构拒绝了实证主义的遗产，不再力求客观地还原人物生平，转而以"人生"（vies）为体，借助虚构之力，主观地把握传记人物的生活，书写的对象也从名人扩展到普通人。这样的书写承认自身与历史书写的距离，主张向历史讨回"记忆"，而这记忆必然是不完整且主观的。

七十年代末八十年代初的好几部作品彰显了这种新

型传记的想象力：克洛德·路易-孔贝（Claude Louis-Combet）的《马里努斯与玛丽娜》（*Marinus et Marina*）（1979 年由弗拉马里翁出版社出版）将五世纪生活在比提尼亚的一位年轻基督徒的传奇传记与作者的精神之旅交织在一起；皮埃尔·米雄（Pierre Michon）的《微渺人生》（*Vies minuscules*）（1984 年由伽利玛出版社出版）可谓传记式虚构的奠基之作，作者通过书写他遇到的卑微人物而完成了一种倾斜的、隐秘的精神自传；同年，帕斯卡·基尼亚尔（Pascal Guignard）出版了一本虚构的罗马贵族日记《阿普罗尼亚·阿维蒂亚的黄杨木板》（*Les Tablettes de buis d'Apronenia Avitia*）；1991 年，热拉尔·马瑟（Gerard Macé）的《前世》（*Vies antérieures*）面世……

1989 年，让-贝特朗·庞塔利斯（Jean-Bertrand Pontalis, 1924—2013）开始在伽利玛出版社主编"自我与他者"（L'Un et l'Autre）系列丛书，推动了传记式虚构作为一种文体的确立和发展。丛书对以"人生"为体裁的书写提出了明确的主张：

　　一段段人生（vies），却像是记忆的发明，想象将其重塑,激情为之赋灵。主观的叙述,与传统传记相距甚远。

自我与他者:作者和他隐秘的主人公,画家和他的模特。他们之间,有一种亲密而牢固的纽带。在他者的肖像和自画像之间,何处才是界限?

众多自我与他者:有占据舞台中央、光芒四射之人,也有只出现在我们内心场景中的人,一个个人物或地点,一张张被遗忘的面孔,被抹去的名字,消逝的形象。

"记忆""发明"了"人生","他者"描绘着"自我"。这些看似矛盾的概念反映了传记式虚构的特点:它处在变动不居的文体边界上。在小说与叙事之间,自传与传记之间,回响着散文之声。此种模糊性逐渐成为其特色,写作者将不同类型的写作材料揉杂在一起,在事实与虚构的边界反复摸索,来回跳跃。原本仅仅作为文本外部指涉和参考的现实,如今重回文学,成为新型的文学材料。这种材料与视角的不断切换,令传记人物的生命在多重镜像的相互照映下变得深邃,却也断裂,呈现出罗兰·巴特(Roland Barthes)笔下"传记素"(biographème)那种原子式的、流动的特征。同时，这类写作强调了书写主体与传记主人公之间的亲密关系，作者通过把握主人公的人生，迂回地把握自我。如是，在"主体"被结构主义和新批评宣布死刑之后，传记式虚构为作者们提供了一种既可以言说"自我"和"人物"，又不至于落入"客观性"陷阱的方式，通过引入现实，它克服了先锋文学那种局限于纯粹文本游戏的相对主义，重拾文学的"及物性"。此一浪潮发展至今，可以说，在法国，几乎所有的文学形式，从随笔到诗歌，都被一种"传记式的意图"入侵。

从辉煌的"生活/bios"到亲密的"人生/vie"，后者隐藏着一种人类学式的、重建的野心。在认识论揭秘了政治话语与历史书写其虚构本质的今天，传记式虚构为历史提供了可替换的版本，另一种可能性。在"文学"这一概念的庇护下，在文体糅杂所提供的自由空间中，传记式虚构将历史人物、现实人物转变为具有一定虚构视角的人物，重建被共同体记忆所遗忘的生活和细节。圣徒与帝王，寂寂无名之辈，"声名狼藉之人"(福柯，1977)，他们都曾是人生的主体，传记书写将可能的现实和话语交还给他们，在"人生"的句法内重新找回生命的平等性。不再是意义的光辉照亮了众人，而是生命的幽暗本身浮现，构成一种言说诱惑。本套丛书收录的作家与作品，正是传记式虚构的一些代表，他们以各自的方式建立文本，抵抗缺席，抵抗形象的消逝。

张何之

2024 年 5 月 30 日于巴黎

目 录

被偷走的生命

Présentation

RICHARD BLIN

简介

里夏尔·布兰

发现克里斯蒂安·加尔桑

克里斯蒂安·加尔桑(Christian Garcin),1959 年出生于马赛地区,后定居于此。通过高中毕业会考后,他开始学医,为了追寻他的旅行梦,很快就放弃了医学。一种对陌生感的渴望多年来令其魂牵梦萦,还是孩童时他就一遍遍翻阅着地图册。成为导游兼口译员后,他陪同游客前往欧洲、北非和美洲,之后从事过多种职业,包括食品促销员,这段重要的经历在其作品中得到了印证,例如《无》①中的《小木屋》和《冻雪行微步》②。后来,他投身文学,通过了法国中学教师资格考试③,凭借有关博尔赫斯④的研究和翻译⑤获得了硕士学位,在马赛的一所中学

---

① *Rien*,Champ Vallon,2000.

② *La neige gelée ne permettait que de tout petits pas*,Verdier,2005.

③ *Capes*:Certificat d'aptitude à l'enseignement secondaire.

④ **豪尔赫·路易斯·博尔赫斯**(Jorge Luis Borges,1899—1986),阿根廷作家,著有《阿莱夫》(*L'Aleph*)、《虚构集》(*Fictions*)和《迷宫》(*Labyrinthes*)等。

⑤ **克里斯蒂安·加尔桑**后来翻译了博尔赫斯的一部短篇小说《埃洛伊萨的妹妹》(*La sœur d'Eloisa*,Verdier,2003)。

兼职任教。1991年的一次中国行之后,他开始写作:如果这次旅行似乎揭示了他的使命,那么这份使命的真正来源无疑是——与在他年仅十八岁时就英年早逝的父亲重新建立联系的私密愿望。他坦言:"我深信,文学与中断的对话有关。我的作品记载着这样的痕迹。"①

克里斯蒂安·加尔桑前往父亲的出生地阿尔卑斯-德-上普罗旺斯村进行家谱研究,其处女作《生命如歌》(*Vidas*,1993)的创作设想正是萌生在那之后。在查阅档案时,他被"所有这些生命,所有这些人的存在有时仅限于出生、结婚和死亡日期"②所震惊。他随之产生了创作虚构或真实的短篇传记的想法,记述一些较知名人物的生活,将其汇聚成一本合集。他的首部作品也是第一个小小的奇迹,因为这第一次尝试可谓神来之笔:《生命如歌》立即出版③。紧随其后的另外两部作品也是一脉

① 关于克里斯蒂安·加尔桑的资料,载于《天使名册》(*Le Matricule des anges*,n° 60,février 2005)。

② 见本书《克里斯蒂安·加尔桑的访谈》。在皮埃尔·米雄(Pierre Michon)的《微渺人生》(*Vies minuscules*,Gallimard,1984)的起源中,我们可以找到完全相同类型的创作动机。他在接受采访时说:"当你走过墓地时,没有什么比名字和姓氏后面的两个日期更直击人心。"(*Scherzo*,n° 5,1998)

③ 《生命如歌》于1993年在伽利玛出版社庞塔利斯(J.-B. Pontalis)主编的"自我与他者"系列丛书中出版。庞塔利斯将这本书描述为他作为出版商的一大乐趣,是他出版的"第一份由作者自发寄送的手稿——没有推荐"。

相承:《墨与彩》①和《被偷走的生命》②,作者将后一部作品的其中一篇献给了他的外祖父埃马纽埃尔·巴尔托洛梅(Emmanuel Bartolomei)。

然而,克里斯蒂安·加尔桑真正进入文学界的奠基之作乃是创作于1995年的《魔咒》(Sortilège)。这部小说讲述了埃兹哈·邦博(Ezra Bembo)的故事,这个男人被一个幽灵般的"幻觉"带到了"某个事物"面前,随后抛弃一切,逃到了沙漠中。这种决定埃兹哈命运的"事物"的启示,正是打动作者内心之物的象征性表现:这个故事及其对象难以捉摸、令人着迷,强烈地吸引着作者。他写道,故事是"一个不断变化的对象,它既紧绷,又松弛,时而还转向未知的地方——而我必须紧跟着它";对象"正在移动。他溜走了。迫使我不要相信任何事情,不要提前做任何构思。我在不知不觉中写作"③。

2000年,克里斯蒂安·加尔桑接连出版了四本书:他的第一部长篇小说《信鸽的飞行》(Le Vol du pigeon voya-

---

① *L'Encre et la Couleur*,Gallimard,collection « L'Un et l'Autre»,1997.

② *Vies volées*,Climats,1999.

③ *Sortilège*,第26页。这部小说直到2001年才在尚瓦隆出版社(Champ Vallon)面世。

geur);诗集《香烟》(*Les Cigarettes*);短篇小说集《无》;此外，还有一本以中国绘画图像为灵感的书，书名《茉莉花和雌雄混杂的味道》①本身就暗示了一个充满秘密身份与罕见和谐的世界。随后，他又陆续出版了三部小说:《树上的噪音》(*Du bruit dans les arbres*, 2002)、《登船》(*L'Embarquement*, 2003)和《机缘巧合》(*La Jubilation des hasards*, 2005)②。在最后这部小说中，我们找到了《信鸽的飞行》的主人公欧金尼奥·特拉蒙蒂(Eugenio Tramonti)——一位有点像作家的记者，在经历了中国的磨难之后，他发现自己这次面临着令人不安的巧合奇迹和灵魂转世。与此同时，他的故事集《仙女、魔鬼和蝾螈》③(2003)和短篇小说集《冻雪行微步》(2005)也先后面世。这些书在某种程度上都是"事物"的化身，这些文本萌生于一个主要问题，即我们是否还能用故事来讲述世界，并在一个巨大的迷宫式建筑中进行布局，在每本书的内部以及书本之间形成的系统内，回声、对称效果和再现都被叠加放大④。这个系统在《蒙古

---

① *Une odeur de jasmin et de sexe mêlés*, Flohic, 2000.
② 这三部作品均由伽利玛出版社出版。
③ *Fées, diables et salamandres*, Champ Vallon, 2003.
④ 克里斯蒂安·加尔桑在《迷宫》(*Labyrinthes et Cie*, Verdier, 2003)一书中就这个主题进行过探讨。

踪迹》(*La Piste mongole*，Verdier，2009)中形成闭环，这部小说汇聚了前几部小说的主要人物，它显然关闭了一个循环，因为它就像一个黑洞，每个人最后都以消失而告终。

克里斯蒂安·加尔桑的作品似乎参考了密室的建构，那里长眠着逝者，永息着人们内心的创伤，栖居着扰人身心的远古力量。它质疑命运征兆的难以参透性，通过生者的言语唤起死者，不是为了在他人的生活中寻找意义，而是为了与"那些缺席者"或那些"我们试图超越语言深渊去寻觅的尸体"①进行对话。写作就像是一次漫长的旅程，穿越了将我们与过去联系起来的一切：梦境的记忆和阅读的记忆，痕迹和遗忘，逃逸和初始——这是对记忆深处某些区域的真正探索，在这些区域里，时间边界以及此和彼、正和反、全和无之间的隔断变得不再坚不可摧。因此，克里斯蒂安·加尔桑的文学世界似乎是一个"一切都是真实的，却又没有什么是真实的"②世界，以至于"真理不取决于事情是否存在，而是取决于它们是否被说出来"③。《被偷走的生命》中再现的十六个人的人生就说明了这一点。

---

① *Du bruit dans les arbres*，Gallimard，2001，第99页。
② 同上，第100页。
③ 同上，第67页。

从名人小传的传统到传记遐想

《生命如歌》(*Vidas*)和《被偷走的生命》(*Vies volées*)这两部作品仅凭书名就可以看出它们所参考的文学范本:*vidas* 是十三世纪吟游诗人创作的非常简短的散文小说。这些小文本既不是传记也不是短篇小说,而是"名人小传",通常被整理成系列并汇编成集。这种体裁起源于希腊和拉丁文化——普鲁塔克①的《希腊罗马名人传》(*Vies parallèles*)和苏维托尼乌斯②的《罗马十二帝王传》(*Vie des douze Césars*)或《名人传》(*Vie des hommes célèbres*)。它经历了漫长的休眠期,之后在十三世纪沃拉金③的《金色传奇》(*Légende dorée*)和十六世纪瓦萨里④的《艺苑名人传》(*Vies des architectes, peintres et sculpteurs italiens éminents*)中得以复苏。十七世纪英

---

① 普鲁塔克(Plutarque,约 46—约 125),希腊作家。
② 苏维托尼乌斯(Suétone,约 70—约 125),罗马传记作家。
③ 沃拉金(Giacomo da Voraggio,法语名 Jacques de Voragine,1230—1298),意大利中世纪时期的编年史作家,其著《金色传奇》是一本记述圣人生平的汇编。
④ 瓦萨里(Giorgio Vasari,1511—1574),意大利画家和作家。

国人约翰·奥布里①的《名人传》(*Vies des personnes éminentes*)和十九世纪末马塞尔·施沃布的《假想人生》②(*Vies imaginaires*)使之得以重生。

"名人小传"是一门微型艺术,与经典传记相去甚远,后者由文献滋养,力求详尽,尊重时间顺序,并通过事件的优先等级来推进。它与莫泊桑或左拉笔下"人生"的因果机制大相径庭,这两位作家不愿忽视构建整体存在的组成部分;它与搜集信息和创造连续性的小说也截然不同,名人小传好似被剥得精光,它的作者寻求紧凑感,偏爱叙事性省略③和联系性缺失。他区分遗忘和空白,记忆的不足和内心的压抑。这就是为什么他要强化沉默,创造④,

---

① 约翰·奥布里(John Aubrey,1626—1697),英国作家。他创作了 426 篇杰出或被遗忘的人物的生平,包括作家、数学家、政治家、占星家、冒险家等,其中一部分于 1989 年由黑耀岩出版社(Obsidiane)以《名人小传》(*Vies brèves*)为书名出版。

② 《假想人生》出版于 1896 年(博尔赫斯为译本写了序言)。马塞尔·施沃布(Marcel Schwob, 1867—1905)是一位法国作家,具有永不满足的好奇心和百科全书式的文化,他创作了故事集和《莫奈尔的书》(*Le Livre de Monelle*)。

③ 一种叙事手段,包括忽略某些事件或情节,以引起惊喜或激发读者的想象力。

④ 对于这类创作,皮埃尔·米雄说:"只要这种操作扰乱或捕捉到一点真相,我们也许就能在两句话或两个字的空间内短暂地复活这些消失的存在;那么,这将是一门定义不清的艺术,它总是在文学的边缘实践——唤醒"(摘自一段访谈,刊载于 *Recueil*,n° 21, Champ Vallon, 1992)。

突出跟蹌，以便更好地暗示所有生命背后的失败、混乱和神秘：这就是他如何保留命运中典型的颤动。

因此，名人小传赋予细节、片段和假设以特权。它不充塞缺口，不填补空白，不用饱满来代替不确定性。它的目标是保持情感的完整性，施加一种无法消除的独特性。约翰·奥布里坦言，自己寻求的真相"简单而赤裸，如此裸露，甚至连生殖器都没有被遮盖"①。施沃布则是在纯粹的个体上寻觅"奇特且与众不同的碎片"，这使得个体变得独一无二。他感兴趣的是，烙印在一个人内心最深处的独特性。因为"伟人的思想是人类的共同遗产：他们每个人都只能真正拥有自己的特点……他们每个人都有自己独一无二的特质，这使他永远与众不同"。传记作者的艺术在于选择，在于他不"关心真实"的方式，在于创作"一种与众不同的形式"，因为"艺术是一般观念的对立面，只描述个体，只渴望独特。它不归类；它打乱分类"。②

正是这个真相——从传记作家的现代调查所要求的

① 出自给安东尼·伍德的一封信，让-巴蒂斯特·德·塞内斯 (Jean-Baptiste de Seynes) 在为《名人小传》(Vies brèves，Obsidiane，1989) 所作的序言中引用了该信。
② 引自马塞尔·施沃布为《假想人生》所作的自序 (Vies imaginaires，GF Flammarion，2004)。

历史和证据中解脱出来——赋予了聚集在这里的生命所有的意味,克里斯蒂安·加尔桑正是用这种另类的目光投向他们。这些杰出或无名的生命,被设定在截然不同的时代、国家和环境中,是值得以孩童在逝去的星光前做白日梦的天真来阅读的人生。

没有故事的故事性

　　没有什么比已出版了克里斯蒂安·加尔桑三部作品①的"自我与他者"系列丛书的介绍性文字更能定义《被偷走的生命》的精神。该系列诞生于二十世纪八十年代末——一个以回归叙事和作者为标志的时代,旨在提供:

　　一段段人生(vies),却像是记忆的发明,想象将其重塑,激情为之赋灵。主观的叙述,与传统传记相距甚远。

　　自我与他者:作者和他隐秘的主人公,画家和他的模特。他们之间,有一种亲密而牢固的纽带。在他者的肖像和自画像之间,何处才是界限?

　　众多自我与他者:有占据舞台中央、光芒四射之人,也有只出现在我们内心场景中的人,一个个人物或地点,一张张被遗忘的面孔,被抹去的名字,消逝的形象。

---

　　① 即《生命如歌》《墨与彩》《我长大了》。

这些"小传"颠覆了虚构与传记、真实与虚假、自我与非自我之间的界限，发明了一种新的叙事形式，强加了一个以不同方式思考的传记框架——在档案与想象之间，在遐想与记忆之间，在接近与距离之间。一种没有故事的故事性，这是一种从我们已知之事和遗漏之事之间的差距中诞生的故事性，它完整地保留了每个人物的秘密。这些修复生命的尝试只能是不完整和简要的，因为现实从根本上是难以捉摸的，因为真相支离破碎、自相矛盾或不断相互抵消，因为生命更像是一个任意和碎片化的问题，而不是一个光滑且同质的整体。

生命能剩下什么？近乎空无。一个隐蔽的心结，一些不完整的侧画像和小雕像，一无用处、毫无意义的痕迹和物品：一堆可怜的杂物，比如卡桑德拉死后，在她家找到的匣子，里面锁着"一些粗糙的首饰，无甚价值，几缕头发，应该是她丈夫和三个儿子的，一只干枯的狼耳朵，昆虫的尸体，不计其数的枯枝，饼干，还有一面完全不透光的小镜子"[1]。这些迥然不同且保存完好的物品就像无法破译的象形文字，就像一个无解的猜谜游戏，它没有解

---

① *Vies volées*, Flammarion, 2009, 第60页。

密生命的意义,而是通过过去的象征,解读最夜间和最日常的存在部分。

正是从逝者的这些崇拜物中,从某些存在的证词中,或者从谣言传播的内容中,克里斯蒂安·加尔桑重新发现了一种剪影,一种内貌。他的写作形态将"近乎空无"汇集在一起,承载着已知和未知,重新发现某些习惯、某些创始时刻、某些痴迷、某些怪癖。但最重要的是,他在琐碎的细节里、出乎意料的行为中、不合时宜的举止里,追踪着所述对象的秘密。因为这些亲密的碎片、这些传记微粒,经常谈及未被承认的现实,并且比长篇大论更具启发性。它们类似罗兰·巴特①在其《萨德,傅立叶,罗耀拉》②的序言中所说的"轶传",也就是说,想象力让位于传记特征,一个迷人的、绝对独特的细节,无法简化为任何解释,但凝结了一个永远无法接近的内在现实③。

---

① 罗兰·巴特(Roland Barthes,1915—1980),"新批评"的主导人物,《写作的零度》(*Degré zéro de l'écriture*,Seuil,1953)的作者,理论和写作美学之父,著有《文之悦》(*Le Plaisir du texte*,Seuil,1973)、《S/Z》(*S/Z*,Seuil,1970)、《恋人絮语》(*Fragments d'un discours amoureux*,Seuil,1977)。

② Roland Barthes,*Sade*,*Fourier*,*Loyola*,Seuil,1971.

③ 巴特写道:"假设我是作家且已过世,那我真希望我的人生被一位友善又放肆的传记家简化为某些小细节、某种品味、某些思索,即所谓的'轶传'。"

就像第欧根尼·拉尔提乌斯①（Diogenes Laertius）提到的两个细节，与马塞尔·施沃布引用的关于亚里士多德（Aristotle）的这两个细节一样，我们得知他"肚子上放着一个装满热油的皮包"，并且在他死后，在他的房子里发现了"许多陶器。我们永远不会知道亚里士多德要所有这些陶器做什么"②。

《被偷走的生命》充满了这些细节，其中的奇怪之处常常令人着迷。例如，皮埃尔·德芙乐（Pierre Desfleurs）"喜欢潮湿缓慢的夜晚，卢瓦河区的某些葡萄酒里有点儿浓郁的味道，还有女人们的体香"③。安布鲁瓦兹·布鲁内（Ambroise Brunet）带着从不离身的"小木雕，上面刻着两个缩写字母"④。戈塞尔姆·费迪（Gaucelm Faidit）有闭目微笑的癖好⑤。井原西鹤（Ihara Saikaku）喜欢用手指挖土，带回一些圆滚滚亮晶晶的蚯蚓，然后任凭它们在女儿的指间爬来爬去⑥。卡桑德拉

---

① 希腊作家，《哲学家的生活》的作者，可能生活在公元 3 世纪上半叶，但我们对他的生平一无所知。

② 引自马塞尔·施沃布为《假想人生》所作的自序。

③ *Vies volées*, Flammarion, 2009，第 87 页。

④ 同上，第 72 页。

⑤ 同上，第 103—104 页。

⑥ 同上，第 44 页。

则"饮猫尿","生食耗子头,吮吸死人的脚趾头"①,而艾米莉·狄金森(Emily Dickinson)认为自己会写信和写诗,但同伴是"夕阳、山丘、池塘和一只如她一般大的狗"②。肠子(La Tripe)的同伴是"风、树干上的青苔、几条蚯蚓、带翼的昆虫、鲜艳的红棕色狐狸"③。艾梅丽·斯旺(Amélie Sivan)"在黑夜里喝着奶,就像其他人饮着耶稣之血",并且"很开心不属于这个被认为独一无二的世界"④。

在《被偷走的生命》中,克里斯蒂安·加尔桑从碰触和启示性的行为着手。它融合了被证实和被发明,鉴别和迷恋。这就是触发传记遐想机制的原理,就像皮埃尔·米雄的《微渺人生》⑤和热拉尔·马瑟的《前世》一样(后者写道"我们写作,将自己寄居在另一个人的身体中,并像寄生虫一样活在记忆挖出的洞穴中"⑥)。帕斯卡·基尼亚尔(Pascal Quignard)似乎也是如此,他宣称自己

① *Vies volées*,第 59 页。
② 同上,第 54 页。
③ 同上,第 38 页。
④ 同上,第 91 页。
⑤ Pierre Michon, *Vies minuscules*, 1984.
⑥ Gérard Macé, *Vies antérieures*, Gallimard, 1991,第 14 页。

"需要现实才能发明，也就是说，更粗糙的想象力。就像梦是来源于生活的碎片"①。这是一种非常现代的方式，将个体重新置于文学舞台的中心，并在正在溜走的崇高废墟中寻找人生的钥匙；这也是一种遇见他者的方式，而且往往是在自己身上找到他者的方式。这种写作形式涉及一种令人困惑的视角转变——本质视角是心灵的视角——以及一种阐明一切的方式，超越了重复和相似、分歧和差异，构成了归结于人性自身的博爱。

---

① 引自与让-皮埃尔·萨勒伽(Jean-Pierre Salgas)的一次访谈，载于《文学半月刊》(*La Quinzaine littéraire*，n° 565，1er novembre 1990)。

身体与心灵，爱与死亡

通过身体和情感，通过肉体的纤维和感官的路径，克里斯蒂安·加尔桑以这样的方式让我们直接进入存在的基质。作为感性的伟大组织者，以及带着诗人的先见之明，他使身体成为窥探世间存在的密钥。事实上，在每个外表之下，是身体使我们彼此相似，并使我们成为欲望的存在：一个暴露在外、承受风险、遭遇猥亵或纠缠不休、无法满足或病态的身体。身体是活生生的肉体的伟大之书①，其中镌刻着痛苦的总和、欲望的紊乱、欢愉的形象、童年的伤感、爱情的苦恼、所爱之物流逝的悲伤，所有构成生命的事物，都有记忆和恐惧的阴霾。

因此，通过存在或不存在、缺失或填塞、赞成或反对的不同方式，《被偷走的生命》呈现了一整套关于身体的

---

① 皮埃尔·布尔迪厄在他所著的《帕斯卡式沉思》中写道："我们通过身体学习"（Pierre Bourdieu, *Méditations pascaliennes*, Seuil, 1997, 第167页）。

词汇①。整本书通过爱与恨使心灵与身体相融合。例如，从吟游诗人(吉勒姆·德·卡贝斯当和戈塞尔姆·费迪)对爱情和女士的赞美与理想化转向对嫉妒和宗教战争的憎恶(阿格里帕·德奥比涅和皮埃尔·德芙乐)。从肉体之爱(井原西鹤)到神圣之爱(拉撒路)，从被诅咒之爱或恩赐与罪恶之间的神秘斗争(狼修女阿涅丝)到艾梅丽·斯旺的胜利之爱，她将自己的身体和灵魂献给风，花朵和气味，泉水和黑夜。

但克里斯蒂安·加尔桑也认为，书写身体和心灵就是面对残酷，面对被诅咒的部分，以及与骚乱和冲突有关的一切。因为爱情往往是一个故事与另一个故事交织在一起，这使得爱情成为一种无情的关系，将它与暴力和失去联系在一起(井原西鹤)。克里斯蒂安·加尔桑毫不回避男女之间发展的关系——通常是伤痕累累或致命的爱情，以及生命中与美丽和邪恶相关的所有可怕事物(杜马斯)。

因此，在简单的言语和激烈的行为之下，既不刻意为

---

① 对于克里斯蒂安·加尔桑来说，这是一个有意义的术语和概念，他出版了《词汇》和《诉诸言语：词汇2》(*Lexique*，L'Escampette，2002；*Pris aux mots*：*Lexique deux*，L'Escampette，2006)。

之也不矫揉造作,孩子、感性之人和疯子被赋予了思想和感受。身体被注视、抚摸、爱慕,但也被撕裂、残杀、劈开(肠子)。我们发现了茫然无措的疯狂,金色蜂蜜般香甜的爱情,烈酒般的偏执,苦涩和死亡之泪,放荡的阴霾和淫威,它们分享并支配着我们的命运:克里斯蒂安·加尔桑什么也不隐藏。他只是像诗人一样述说着一切,将他的言语与遗失的声音相结合,同时交织着不向爱情幻影屈服之人的执着梦想。

迷宫般的建筑和秘密的和声

迷宫是博尔赫斯世界①的象征物,也是作者所珍视的主题,从字面意义上讲,它与通往隐蔽中心那盘根错节、纵横交错的路径的概念有关。若要抵达这个中心,只能以无数的迂回曲折为代价,并经历一段错综复杂且往往扑朔迷离的行程。这种迷宫因其陷阱的独创性、对称的美、纷繁交织的复杂性而令人着迷,同时又以其所呈现的挑战引人神往。因此,以一种更形象的方式,它有能力表现非凡的无限可能,象征不同的存在形态,丰富的叙事虚拟性,符号组合的潜力,即决定生命进程的各种偶然和巧合的潜在组合。

因此,当我们谈论生命时,当我们构建一件作品时,诱惑是巨大的,以博尔赫斯②的方式想象一个必须被发

---

① 博尔赫斯的世界和文学,见本书第 3 页脚注④。

② 主要参考: Jorge Luis Borges, *L'Aleph*, Gallimard, 1967, réédité en 1979 dans la collection « L'imaginaire», et Fictions, Gallimard, 1974。

现的隐藏点,并且以此为出发点布局所有视角:不再是随机的或偶然的,而是一种必然顺序……想象一个世界是很诱人的,在这个世界里,每个事件都是另一个事件的反观镜,另一个事件和同一个事件融合在一起。克里斯蒂安·加尔桑没有走得那么远,而是承认"所有的写作都是迷宫式的,在于与不可言说的事物擦肩而过"[1],他将迷宫形象作为他写作的主线之一。从组成《生命如歌》和《被偷走的生命》的十组四人小传开始。他们的标题放在一起——"沉默""距离""抛弃""战斗""遗忘""逃逸""微不足道的逝者""迷宫""踪迹""童年"——已经勾勒出简单的生存行为所直面的迷宫般的迂回和曲折。

迷宫的形象"一开始是世界的多样性,门槛、入口、走廊、与双重性的对抗,最后是位于中心的房间。我写的很多书都是这样构思的"[2]。克里斯蒂安·加尔桑的主要

---

[1] *Labyrinthes et Cie*, *op. cit.*, 第73页。这本书以一组阅读的形式呈现,克里斯蒂安·加尔桑用博尔赫斯抛砖引玉,进而探讨弗朗茨·卡夫卡(Franz Kafka)、安东尼奥·洛博·安图内斯(Antonio Lobo Antunes)、安托万·沃洛丁(Antoine Volodine)或亨利·托马斯(Henri Thomas)等作家截然不同的小说世界。

[2] *Le Matricule des anges*, n° 60, *op. cit.*

兴趣是构建一个严丝合缝的回声系统,看到水平和垂直结构在结合了无限封闭和无限开放的同一建筑中相互呼应。

因此,从一段人生到另一段人生,或在同一段人生中,重叠、类比、映射和内在韵律、对称效果和交叉关系的影响成倍增加。这样的例子不胜枚举。想想狼修女阿涅丝和艾梅丽·斯旺的神秘失踪(这个名字在《魔咒》中重现,可能不是偶然,在这部核心作品中,埃德加和奥罗尔·斯旺是两个牧羊人,从五月到十月,他们住在深山中的一间偏僻小屋里)。应该指出的是,正是在四月,艾梅丽·斯旺失踪了,狼修女阿涅丝的第一个同伴被猎杀。也是在四月,莎士比亚出生和死亡,安布鲁瓦兹·布鲁内死气沉沉的尸体被发现"一动不动地倒在平底锅旁边,头靠着石头墙,眼睛盯着已经熄灭的火焰"①。我们还要注意,桤木②——一种长在死水中的黑色而邪恶

---

① *Vies volées*,Flammarion,2009,第73页。

② 是否应将其视为对《桤木之王》(歌德最著名的德国叙事诗之一)的呼应?在这首诗中,桤木之王试图勾引一个孩子,最后用武力将他从父亲手中抢走并杀死他。奇怪的是,在这首诗的起源中,有一个误译,"精灵"埃勒(Eller)变成了"桤木"埃伦(Erlen),因为在译者的方言中,桤木被称为埃勒(Eller)。

的树,在艾梅丽·斯旺生命的后半部分发挥了重要作用,也出现在阿格里帕·德奥比涅和卡桑德拉的生活中。值得一提的还有,不仅仅是肠子有剖开身体的怪癖。阿格里帕·德奥比涅、莎士比亚、吉勒姆·德·卡贝斯当、皮埃尔·德芙乐和杜马斯的生活都被大胆地开膛破肚。至于后两者,他们是反观镜式阅读的交叉肖像。随后,我们可能会注意到,"一袭白衣"[①]的艾米莉·狄金森与"总是穿着一件白麻长袍,而衣衫之下赤身裸体"[②]的拉撒路相呼应(拉撒路的妹妹伯大尼的马利亚爱着"朋友"基督,情深似海却爱而不得,克里斯蒂安·加尔桑将《生命如歌》中的一篇献给了她)。对拉撒路来说,"上帝是一束令人无法承受的炫目之光,释放出永不枯竭的热量"[③];而艾米莉则像基督一样,"照亮深爱之人的心灵。如他一样,她内心在燃烧,将那少数几个偶尔靠近之人的能量消耗殆尽"[④]。《被偷走的生命》构建了一场永无止境的回声游戏,就像任何生命本身是一个令人眼花缭乱又引人神往的迷宫。这是一种生活

---

① *Vies volées*, Flammarion, 2009, 第 53 页。
② 同上,第 62 页。
③ 同上,第 61—62 页。
④ 同上,第 55 页。

几何学,其中汇聚了东方①与西方②,微渺与巨大,圣史与传奇,私密剧与集体戏,个人与历史。

于是,人们会产生这样的印象,所有这些迷宫般的虚构都是生活的写照,这是一个在符号和身体、气味和颜色、哀悼和欲望的迷宫中前进的问题——一个像心灵的运作、记忆的密道、思想的矛盾、森林的树影或疯癫的阴霾一样神秘的迷宫。《被偷走的生命》亦是如此,它是在某些名字的光环和痕迹中旅行,是为了与徘徊在那里的游魂相遇,故而这样一本书只能是微妙的迷宫。

---

① "东方"(Orient)一词源自拉丁语《 *oriri* 》,意为"升起"。
② "西方"(Occident)一词源自拉丁语《 *occidere* 》,意为"落下"。

奇特的美学与神秘的诗学

不是要讲述一个生命,而是要试图呈现它的特殊品质,它不可复原的他者性①,通过埋藏在时间厚度中的痕迹,重现所有人类生命的不稳定性和根本的、本质的不完整性。"我们对要事讳莫如深。我们以为人生由事件构成,就是由那些缺失的时刻、遗忘的碎片形成和命名。例如,啃指甲,一条狗的回忆,目光里的灰烬,一种味道,一声叫喊。写作、诗歌就植根于这些失落,在这些被放逐的时刻里、在那些被驳斥的记忆深处寻根。"②这就是挑战所在:成功地为无声的东西赋予实质内容。为这些亡灵提供一处栖息地,换句话说,就是复活游魂。对于所有这些人来说,威廉·莎士比亚、阿格里帕·德奥比涅、埃马纽埃尔·巴尔托洛梅、肠子和其他人现在都是亡灵,也就是说,没有人。这就是克里斯蒂安·加尔桑试图接近的

---

① 他者性,他者的特性,特殊性。

② *Vidas*, « Vie de Marina Tsvetaïeva », Gallimard, « L'Un et l'Autre », 1993,第69页。

生命存在的奇迹与不幸。

为此，他阴险地模糊了现实与虚构之间的界限，寻觅构成生命的隐匿统一性和暗藏的——且经常受伤的——美。他记录了可以把握亲密真相片段的微小事实、肉体的需求和奇特的暗物质——它的奥秘和仪式被解读为揭示个人深刻真理的众多征兆。他挖掘出一个人身上的兽性，如水的耐心，似风的热情，前世的回声，萦绕在我们沉默中的东西，以及"在我们的毫不知情中茁壮成长"①的东西。

克里斯蒂安·加尔桑让这些沉默说话。正是从他们那里，他设法碰触到人物的内心。突然间，每个人似乎都更赤裸，更人性化，更亲近。每一个细节，每一个微乎其微都创造了这种立体感和清晰感，赋予了所述对象以存在感。寥寥数语就足以勾勒一处怪异，描述一种偏爱或一种痛苦，碰触一处内心奥秘，它是生命降世中意想不到的印记。

正是这种神秘感，造就了聚集在这里的生命之美。一种可以理解为不言明一切的美，波德莱尔所说的"美总是

---

① *Vidas*, « Vie de Marina Tsvetaïeva», Gallimard, « L'Un et l'Autre», 1993, 第69页。

奇异的"亦有此意。通过这些生命,"世界的可怕之美"[1]得到了呈现,它使肠子剖开身体的内部以寻觅那无人知晓的逝去天堂,它使所有生命或多或少成为想象的人生。

这种美是一个隐藏在表象之下的秘密和平行世界的标志;这是克里斯蒂安·加尔桑在同名书中提及的通往另一个世界的入口:一个"由深不可测的目光和遥远的气味、无声的痛苦、原始的欢乐、沉默和昏睡、残酷和疯狂的冷漠组成的古老而源远流长的世界"[2];一个亲密、遥远、沉默的世界,"既是成就兼无奈之地,又是富足兼禁锢之地"[3],它仍然在向我们招手,但我们再也无法进入。也许除了苏尔梦德,她一直认为自己是"母鹿和雌兔的姊妹"[4],或者不屈不挠的狼修女阿涅丝,或者遥远的卡桑德拉,或者野孩子艾梅丽·斯旺,她"美得像鼬鼠",并怀疑自己"是复杂多变的。在前世,她本是貂鼠,是羚羊,或者春雪,或者一位拥抱狼群的小女孩"[5]。艾梅丽就是那

---

① 借用路易-勒内·德·弗黑在《固定音型》中使用的一句话(Lou-is-René des Forêts, *Ostinato*, Mercure de France, 1997, 第77页)。

② *L'Autre Monde*, Verdier, 2007, 第51页。

③ 同上,第37页。

④ *Vies volées*, Flammarion, 2009, 第37页。

⑤ 同上,第91页。

些不了解真正死亡的男人和女人之一,他们生活在一个自我包裹的时代,消失在这种沉寂中,而沉默凝固了我们忘却的一切。克里斯蒂安·加尔桑的作品中有很多这样的消失,在某种程度上实现了他最珍贵的愿望之一——"我的愿望是消失在自己的书中,把我埋在自己的文字里"①——就像画家吴道子一样②,消失在他的一幅画的迷雾里,完全地融入空白之中,融进这寂静和充满无限可能的空间里。康定斯基③在1910年谈到空白时说:"一种充满青春快乐的虚无",一切开始前的虚无,所有著作的未诞生。

---

① *Le Matricule des anges*, n° 60, *op. cit.*

② 参见:《墨与彩》中《吴道子,迷雾与牛奶》。这个故事(又是一个映射)可以在玛格丽特·尤瑟纳尔的《东方故事集》(Marguerite Yource-nar, *Nouvelles orientales*, Gallimard, 1978)的开篇《王佛是如何得救的》中找到呼应。

③ Kandinsky, *Du spirituel dans l'art*, Gallimard, « Folio », 1988.

克里斯蒂安·加尔桑

Vies volées

被偷走的生命

CHRISTIAN GARCIN

克里斯蒂安·加尔桑

How dreary-to be-Somebody！
How public-like a frog-
To tell one's name-the livelong June -
To an admiring bog！

那将是多么无聊——去成为——某个人！
那将是多么平庸——如同一只青蛙——
在整个六月里——对着恬静的沼泽——
喊着他的名字！

——艾米莉·狄金森

一

微不足道的逝者
Petites morts

狼修女阿涅丝

九月的一天早上，人们在树林里发现了一个女婴，裹在用旧衣服做成的襁褓里。那是大瘟疫①之后，克雷西战役②之后的第三年，尸横遍野。田畔路边到处堆积着成千上万发黑肿胀的尸体。它们被拖到远离城市的地方倾倒，尸体多到压垮了卸载的小推车。有时候，一个垂死者出现在某个饮水点，于是整个村庄都被传染。那是狼群纵情享用这天赐人餐的时代。它们在森林里游荡，怪异地嚎叫，移动无声，神出鬼没。这让人们感到心神不宁，总觉得身上有股儿动物袭击前的麝香味和异常的呼吸。它们黄色的眼睛无处不在。男男女女都觉得自己成了目标，还在某些夜晚听到它们向自己发出过于热烈的嚎叫。

---

① 指1347至1351年的黑死病，欧洲有1500万至3000万受害者。
② 指1346年8月26日爆发的克雷西战役，英格兰的爱德华三世与法国国王瓦卢瓦的菲利普六世对抗，最终以法国人的惨败告终。

人们是在一个被遗弃的洞穴里找到她的,惊叹于她还奇迹般地活着。人们为此欢呼雀跃,还念了几句弥撒。没人知道她的父母是谁。一位大家并不熟悉的老妇人自愿担负起她的教育。她找到神父,凝视着他黄色的双眼,朝地上唾了一口①,说道,她将代替那些被上帝召唤去的孩子。神父哆嗦着,画了个十字。老妇人离群索居,人们称其为占卜者、药剂师。没有其他人自荐,神父应允,将孩子托付于她。

她茁壮成长,但一直不开口说话。后来,老妇人在一堆树枝里捡到一条瑟瑟发抖的小狼,它成了她的第一个同伴。小狼的父母在一次围猎中被打死,后来小狼回到了森林,但经常回到小屋周围转悠,等着她出来。他们一起狩猎,然后分享黄昏溜达时的收获。后来小狼有了自己的小家,不再来看她。四月的一天,小狼被猎杀,而它的母狼已有身孕,也在同一天被刺穿肚子。

夏日的某天,她看见一个奇怪的身影钻进小木屋和

---

① 根据一种几乎普遍的信念,吐痰可以召唤命运并驱除恶灵。

灌木丛之间。当时老妇人已经离世数月。她悄无声息地走出小屋，看见一个可怜的疯子，半裸着身体，正观察着小屋里的动静。蓬头垢面，许是烟灰或者泥土所致，指甲像爪子一样卷曲着，头发披散至胸膛。身上还披着一件兽皮，散发出恶臭。他步态蹒跚，又或是犹疑不决。她喊他，他立马站起来，用痴呆的眼神凝视着她，继而逃跑了，还发出惊恐低沉的叫声。

她思索再三，决定还是去村里。她以前去过那儿，记得人们都是比邻而居，甚至几世同堂，彼此之间也相互认识。毫无疑问，人们可以告诉她，在她家周围徘徊的那个人是谁。

几个从田地里回来的农民迎面走来，用一种她没见过的眼神，瞅着她。她高挑，纤细，为了方便在林间自由穿行而着短装。她想与这些人交谈，但他们既不看着她的脸，也不听她说话。他们彼此对望，发出尴尬的笑声，还有点儿粗鲁。吓得她赶紧跑开。

她去了村里的黑衣人家里，老妇人曾经与他交谈过几次。他给她穿上衣服，听她倾诉，同她说话的口吻令人愉悦，还建议她在他家小住一段时日。

她在那儿住了三年,学会了读书、写字和群居生活。一天,她想起了以前见过的那个散发着恶臭的裸体男人。有人说他被狼附体,专门杀害小孩。还说他曾被追打,与一条巨大的母狼一起逃走,极可能是其死去的妻子。她垂下双眼,一股忧伤夹杂着苦涩涌上心头。

她很专注,读书时从不分心。阅读福音书时,她常常任凭思绪在想象里游走。她自问沙漠①之魔到底是何模样,生着人脸还是兽脸,长着爪牙还是指甲,身上有毛还是无毛,她是否能够抵抗住,就像耶稣那样②。

二十岁时,她进入修道院,歌声曼妙,能将圣经熟记于心。很多年轻人都被她吸引,清新的脸蛋,浓情的眼神,苗条而紧致的身段,紧绷着全身的神经。起初,其中一人甚至与她有过肌肤之亲,其余人皆不知情。但她对此人的印象模糊不清,有点像对小狼的记忆。她正是通过对上帝这个男人的爱去修复这些记忆。这感觉就像是

① 在福音书中,沙漠被认为是魔鬼的居所。
② 福音书记载,耶稣在接受施洗约翰的洗礼后,退隐于沙漠,在那里他受到魔鬼的试探。

站在一个神秘世界的边缘，急着想要进去；就像是一股电击突然袭来令其躯体僵直，灵魂消散在一个不知名的地方。她品尝了某个东西，将之采集在一个她不知道是否存在的容器里。

时间慢慢流逝。人们开始诽谤她，说她长得太美，神情太过倨傲，对其敬仰太过于守口如瓶。但她的信仰如此虔诚，对此无可抱怨。人们就疏远她，她却对此无动于衷。也许她根本就没有留意到这些变化。她整天都独自待着，半闭着眼睛，哼着只有她自己知道的歌曲，用一种没人听得懂的语言。

有时候，在深夜里，她同月亮，树林，或者林中的野兽们说话。她自言自语，可能有一天，她能重新在那里奔跑；可以重回小屋去住，她从未再见过小屋。可能她希望再找到一个瑟瑟发抖的小仔①，喂养他，看着他长大，和他一起在错综复杂的寂静森林里狩猎。又或者，她倾听着狼叫，感觉到内心涌起想要回应的渴望。我不知道。也可能，她什么都不想，只是单纯地待在那儿，倾听着夜

---

① 指小孩，亦可指小狼仔。

色,望着外面树影婆娑,而她是唯一看到这一切的人。

人们什么也没找到,既无踪迹,也没有衣物。有人说,她是一位圣女,直接升天了。也有人说,她更想投身罪恶之伍,她本就是罪恶之身,只是她从未僭越。还有人说,她逃走了,被狼群撕碎,证据是人们在森林里找到了一些刚洗过的人骨。

时光荏苒。草木葱葱。林子里依然危险重重,人迹罕至。传说小屋如今已经长满荆棘。也有人说,那里住着狼群。总之,什么样的谣传都有。一些有宗教幻象的人到处散布流言,宣称他们看见过一些影子在晃动,但没人相信。

吉勒姆·德·卡贝斯当[1]

他爱她。如此单纯——她很美,他爱她。似水般单纯。

她深蓝色的秀发近乎黑色,身体柔韧而性感,一如所有享受爱情的少女,脸上时常洋溢着倾听他诗歌时的那种快乐。他爱她的眼神在周身环绕,让他尽情歌唱,不要停下。

也许,他也脸红了,休息一会儿,然后为另一个曲调起音。他是游吟诗人,韵律的创造者。

他腼腆,优雅,彬彬有礼,对于某些人而言,简直太过谦恭。体质娇弱,嗓音时而犹疑。但内心却有一团火,包裹着他,拥抱着他。这火焰如尼罗河/不似线纱般易灭/轻盈可绕体。

---

① 12世纪后期的加泰罗尼亚吟游诗人。

他喜欢埃及无花果，海索草的花，暮秋草地上的寂静，第一缕阳光照进大千世界后的蠢蠢欲动。他还喜欢沿着激流慢慢行走，欣赏马塔贡百合的花瓣亲吻着丝绒般的青苔。他漫步而行，看见很多小泉眼。潮湿的灌木丛。昆虫们陶醉在鲜艳的雌蕊中。世界于他就是一本书。他只需漫步其中便可以看见苏尔梦德身体的倒影。

他渴望解开她的胸衣，幻想着她的双乳偶尔会在轻盈的衣衫下得到解放，而他的手指和双唇游走在她小腹下方的黑色丛林中和腰肢之间，去感受这肌肤在他掌下张弛、颤动。他不敢将手放在她的背上。

当他靠近她时，他嗅到她的芳香。他无须告之其欲火：她就完整地在那里，在他窥伺的身体里，在他膨胀的鼻孔中，他的眼神在她周身飞舞，他的性器她没见过，但她知道一定在勃起。

他已过而立之年，而她年方二十四。他已在周围住了两年，不停地为她写曲。他述说自己常常梦到一个洁白的身躯，比水晶石还要洁白光滑的身躯。他想到苏尔梦德，她是如此美，以至于令他感到忧伤。爱情打开了他

42

的心扉，让其分离，在他内心怒放，在其周身蔓延。

爱是一把斧头，将他的身体劈成两半。爱是十字架。

人们不知道他们是否有过肌肤之亲。如今有些人倒是希望他们至少满足过这种对彼此的饥渴，身体交融，呼吸交汇，热量相传。有人则说，他们之间若是僭越叹息与秋波，终有一日会厌倦彼此。还有人说，他曾在一个醉人的夜晚，给他们讲述过苏尔梦德的性器是何等柔嫩，其腰肢是如何善于迎合。但这不像他。他神秘，矜持。小镇里的酒徒笑他娇嫩，笑他的双腿纤细。总有人说长道短。

传说，一个仲夏夜，正是三伏天，她丈夫带着两个手下在城堡附近的树林里找到了他。他独自一人，在想着一首词曲，正碰到一个复杂罕见的韵脚，不能如愿构思他的诗歌。

他抬起头。两个壮汉扑向他，将刀剑刺向他的心脏。然后，内中一人挖开其胸膛，在里面寻找。彼时，他身下的一条胳膊还在不停地抖动。先是骨头断裂的声音，继而有奇怪的咕嘟声。终于，他们把心挖出来了，递给主子。此人手起刀落，亲手斩下死者的头颅带回家。

也有传言说：当天晚上，丈夫命人烹饪此心，配以胡椒烤制，作为晚餐。妻子品尝了，还觉得味道甚好。丈夫是位暴虐残忍的领主，屠戮异教徒，击杀小狗，残害百姓，穷兵黩武。他凝视着她，用平静的口吻对她说，她正在享用情人的心脏。她不信，于是他叫人提来头颅。她仿佛打了个嗝，昏厥过去。

日渐西沉。余热尚在。房间里仿佛飘荡着某种树木燃烧的味道。可能正是这个气味让她突然醒过来。或者是鸟儿的尖叫。亦或是她内心令其惊恐的重负。

她微笑着，看着她的丈夫，微垂双眼，对他道谢，因为她一生中从未吃过如此美味。话音未落，便传来一声叹息。

当周围的目光渐渐远去，她的呼吸稍适平复。她一直都在想，她是个柔弱的物种，毫无自尊，是受害者，是一只猎物，是那些母鹿和雌兔的姊妹。她发现了其他事物，并爱着这种发现。她微微闭上双眼，眼睑下放落的窗帘似乎不是平常的玫瑰色，到处浸染着蓝色的云彩。一只鸟儿的尖叫声划破寂静。她听到远方传来兽铃声。瞬间，她下颌痉挛，突然起身，跑向阳台，纵身一跃。

肠　子

　　他生于野外,由一位沉默寡言的黑人母亲抚养,几乎没人记得这位母亲。他们离群索居,住在死亡森林附近的一个窝棚里。他与风、树干上的青苔、几条蚯蚓、带翼的昆虫、鲜艳的红棕色狐狸为伴。人们偶尔看到他和他的母亲,面色黢黑,头发直立如灰穗,沉默若磐石,微驼着背坐在一头驴拉的小车上,驴背上全是苍蝇①。眼睛只盯着地面或树尖。直到成年,他才回到村里来住,没人听过他开口说话。

　　孩童时,他漫步在树林里,在矮树丛或者他做的陷阱里看见一些动物的尸体,就飞奔过去捡起来带回家,把它们放在桌上沉重的案板上,继而进行肢解,开膛破肚,剪开一条条肌肉,切开每一个内脏。他把那些黏合的器官全摆在桌上,还激动地幻想着若非他,这些潮湿光亮的肠

---

　　① 苍蝇让人想起世间的腐化堕落,是地狱力量的象征。在希伯来语中,恶魔王子别西卜这个名字的意思是"上帝"或"苍蝇之王"。

子，这些胸膜，还有这些肝脏何以能摆在漆黑发亮的桌上，得见这温柔日光的照耀。随后，他从中挑选出最美的部分，把它们装进玻璃瓶里保存起来。

他常年都在解剖水獭、野兔、睡鼠、松鼠、椋鸟、蟾蜍以及森林、田野和水泽里的其他动物。

当人们找到他时，问他会做什么，他回答：中耕，除草，狩猎，解剖尸体。之后，他就被带走了。那是夏末一个晴朗的日子，阳光透过树枝的缝隙照入林间，在棕色的土壤上画出一片光影。

整整四年，他都在处理尸体：解剖，刨挖，摘除，缝合。外面的轰隆声对他几无影响。日复一日，伤残的躯体源源不断地被送来，他就生活在这些鲜血淋漓、残肢断臂的身体中，接触着微白的软骨和撕裂的皮肉。不分昼夜。他的睡梦里全是炸裂的肌肉，大张的喉咙，没有眼球的眼睛。他不害怕。他在睡梦中重复着醒时的动作，重温那些色彩，浓厚呛人的气味，从未听闻过的味道。唯有一个不真实的遥远世界，可能会使他感到恐惧。

泥泞和鲜血——这是她给予母亲的全部回答。他刚到家,身上脏兮兮,笨拙地站在门洞里。她环视四周,问他出去这么长时间,都做了些什么。

他补充道:现在我知道人是个什么样子了。她沉默不语,再也不与他说话。

她死在第二年的冬天。他想着她,但还是决定去察看她身体的内部,将这满是褶皱的皮囊像只手套般翻转过来,将她所隐匿着的淫秽光鲜之美公之于世,将这不受猜疑的母亲赠与日月、清风、水泽与湿气。他把尸体装进一个黄麻布袋里,扛在肩上,在雪地里走了很久,将她葬在了两棵榆树之间,一个他自己熟知的地方,鹿群发情时会来到这里交配。

不久后,他来到村里,住在神甫家附近。几个月之后,有人和他说话,他作答。无人知晓他肢解尸体的癖好,也没人知道他如今已将玻璃瓶收集品藏在一个阴暗的房间里。瓶里有蜿蜒的蛇,狐狸腹中掏出的死胎,一堆散成丝缕的微白皮肉,很难分辨的尸体残片,他却知道名称,以及漂浮在死寂中的器官。他依然总是跑去树林里,在那些矮灌木、荆棘丛里搜寻,期望发现几具状态不错的尸体。

已经发生了几起案件,有些在周边树林里独自散步的人失踪了。但人们毫不知情。

偶尔,他也会去城里,回来时他说道:我亲吻了一个装着肠子的漂亮袋子,闻起来有股丝绸的香味。随后,他就笑起来,露出仅剩的几颗牙齿残根,令少女们嗤之以鼻。

时间慢慢流逝,他几乎会社交了,时而还会与村民们友善地交谈。他在每个人身上都只看到一堆内脏或者肠袋的嗜好,也逐渐被大家容忍,继而被娱乐。人们给他起外号"肠子",在他注意不到的时候开他玩笑。

他依然总是避开人群,躲进密林里。要不就是进城去买些种子、布匹,用他的猪肉皮与妓女的皮囊摩擦。

一天,他没有回来。后来,人们得知他与一个醉酒的皮条客发生口角,肚子上被捅了一刀,继而像杀猪般被大卸八块。他如同石化般,随即倒在潮湿的石板上。月色下,一切都显得苍白而光亮。几个身影快速地向他跑来。他微笑着看着他们,感到抱歉地尽力抱住自己正在逃离的身体,不明所以地端详着沾满他双手的黏稠液体。

井原西鹤

狮舞阵阵，雷鼓声声。裙幕下躲着一对情侣正在交欢。一个青年男子一边窥视他们，一边手淫。他们在逃跑时，被西卡马苏港口的警察逮住。男方被诬告偷窃了被他拐走的女孩家里的七百金币。他被处决。女子陷入疯狂，后来出家为尼，在幽居中度过一生。故事短小精悍：介绍性的序幕，详细的情节，强烈的悲剧结尾。在篇末，他说"这是一种新式爱情小说"①。

作家原名平山藤五。二十六岁时，取笔名鹤永。三十一岁时，妻子病故，更换笔名②。伊藤白虎称其为"俳谐③爱好者"，尤其"偏爱一笑大师"。

---

① 在笛福（1660—1731）、斯特恩（1713—1768）和狄德罗（1713—1784）设想在西方创作这种小说之前，日本诗人和通俗小说作家井原西鹤（1642—1693）就发明了这种小说。

② 他选择了笔名西鹤（Saikaku），井原（Ihara）是他母亲的名字。

③ 俳谐（或俳句，haïkaï ou haïku），由十七个音节组成的三行短诗，按照 5—7—5 模式分布。

他属于町人,也就是工商阶层。他的妻子死于高烧,去世时还不到二十五岁,留下他独自抚养他们唯一的女儿——在出生时就意外失明,离世时还未满二十岁。他将生意委托给店伙计打理,自己乐得逍遥自在,宛若云游僧人。脖子上套个化斋袋,以粗糙的软布做成,样子引人发笑,衣服则用紫藤编成的带子束着。他在海滩上捡拾一些自己爱吃的沙地蘑菇、橄榄绿海带和水麦穗。

起初,他喜欢俳谐,时而还会在其中掺杂简短的散文。女儿在世时,他常常读给她听,一般是夜晚,当鸟儿已栖息,唯有下城区的声音在弥漫。诵读时,他坐在她身旁,紧挨着她,感受她的呼吸,抚摸她的小手臂。她嘴里呼出的气息,与他妻子在世时的味道一样,让他感到温暖且心安。他的手指感受到她的皮肤是如此细嫩,以至于她那最细微的蓝色毛细血管都清晰可见。当他们在公园的小径里游览时,他总是担心太烈的阳光会把她晒伤。虽然她已熟知每一片草坪,每一颗石头,但她依然挽着他的胳膊。有时候,他们坐在那里,用手指挖土,然后带回一些圆滚滚亮晶晶的蚯蚓,她任凭它们在指间爬来爬去。那是令他感到快乐的事情之一。

他个子矮胖,喜欢简单的生活和身体的欢愉。少言寡语,不懂仇恨,极度温柔的目光令其反驳者卸甲。

他生活在大阪①,这是日本最为富饶和人口最多的城市。1615 年的大火灾之后,一个新兴城市崛地而起,嘈杂喧闹,缤彩纷呈,满是商人、渔民、新富以及迷人的妓院,在那里町人与武士②受到同等对待。只要经济上允许,他就频繁去惠顾。他的好几篇故事就是以这些神秘封闭的地方为背景,描写那里对其他阶层一视同仁。

后来,他颈挂斋袋,云游四海,遇到很多人,遭遇不同,见解各异。他写过一些关于他们的故事,却未曾引起过关注,包括一些小故事,许是逸闻轶事毫无意义,大量细节的描写并无真正价值。

一天,他遇见了松尾藤七郎,世称松尾芭蕉③——因数年前在其居所前种植的芭蕉树而得名。当时是在神奈

---

① 大阪,日本的一个大城市,与东京一样,位于本州岛。意为"大山丘",是西鹤的出生地。

② 战士,可怕的持剑者。西鹤为他们献上了一本故事集,出自《论武士之职》(1688)。

③ 松尾芭蕉(1644—1694),由武士转为禅宗僧侣,著有五篇游记和许多俳句,表达了永恒与短暂的交汇。

川,恰逢七月月圆时。他们下榻于同一家庐舍,同宿的还有一个布匹商、一个说书人、一个卖蚊帐的和两个满脸皱纹的和尚。他们交流了几首诗词。夜已深,芭蕉告诉他令人敬仰的一笑大师在冬季时离世。尽管他对此人并不了解,却写了一首俳句向他致意,后来被录入《世界尽头的小径》。

他风尘仆仆,四处游历,终于归来。屋里满是舞动的身影。许久以来,他都只写散文,终于逐渐崭露头角。他的第一部作品《好色一代男》①为他赢得诸多好评,后来的作品也随之声名鹊起,让其站稳脚跟。

风格简明,文笔生动,拼写多变。他无视某些语法规则,注重强烈的表达方式,甚过追求形式上的完美。他戏词要句,挑逗着文字。有人说他是"没有学识的表演者","思想只够做次要评判",说他的文风"单一""缺乏活力"。他讲述的故事以其现实主义令人震惊,关注主要情节的

---

① 《好色一代男》出版于 1682 年。书名也可以翻译为"只为爱而活的人"。这个故事的主人公 Yonosuke 认识了 3742 名女性,有 725 个情人,然后登上了一艘他命名为 Volupté(快感)的船前往乌托邦的女人岛,船的内部贴满了情书,挂着以作为爱情信物的发绺编织而成的缆绳。

描写，毫无矫揉造作，亦无修饰点缀。其作品多为秦楼楚馆里的爱情故事，市井小民的社会小说，刻画痴男怨女的情色肉欲，被封建道德和社会等级枷锁桎梏和摧毁的不幸爱情。他开创了一种新的体裁，"浮世草子"，即现实主义小说。

人生将尽时，他又重拾俳谐。这种对于写作的活力，他从未失去过。彼时，他已经五十一岁，女儿已经离世五年了。

每个夜晚，当鸟儿不再鸣叫之时，他都会为其熟悉的身影朗诵诗词，仿佛其指尖尚能触碰到那近乎透明的皮肤。他微笑着。他的鼻底时常嗅到一丝遥远微弱的气息。随后，他就出门去公园的小径上溜达。山脚下的城里飘来人头攒动的喧嚣声。一阵风吹过，他打了个寒颤。有时候，他会坐在湿漉漉的草地上，刨开土，却什么也找不着。

二

迷宫
Labyrinthes

杜马斯

他写的诗歌充斥着焦躁不安,满是乌鸦和白尾海雕,荆棘、谋杀和伤疤遍布。年轻时,他结识了西蒙·德拉罗克①,此人比他年长二十岁,和他一样热爱月亮和树林。他视其为诗歌老师,一生都在试图与其诗歌中傲慢无礼的黑暗比肩。

他总是穿着暗色的衣服,瘦长干瘪似一根戟,呆若木鸡的脸上镶嵌着呆滞的双眼。他时而放声大笑,随后又长时间地陷入沮丧,神色迷惘。后来,当他夜间行走在一座桥上或是阴暗的小巷子里时,总觉得有鬼魂和精灵尾随其后,于是他就拿起刀剑向空中大肆砍杀。当他行走在街上时,眼睛总盯着地面,孩子们就会肘臂相碰,模仿海鸥的叫声。他则假装什么也没听到,如涉禽般迈着大步继续前行。

---

① 西蒙·德拉罗克(Siméon de la Roque),诗人,生于 1550 年左右,死于 1614 年左右。

当他四十岁时,国王被一个留着红棕色头发神思恍惚的绿衣人①短刀封喉。数月之前,他出版了一本诗集引起了读者的关注。马勒博②求见他,他还见到了拉康③,其清澈而激烈的眼神与他持续的口吃极不相称。

1607 年的某天,他如平常一样踏入萨西酒店的大门,在那儿看到了摩肩接踵的人群,在那些陌生的嘴巴和眼神里,耳闻目睹了他不愿知晓的言辞和画面。当时正是晚课之后,墙上浸染着令人心动的玫瑰色。他急匆匆走向楼梯,回到白色的房间,直到夜色降临方才出门。人们同他交谈,希望他留下,他充耳不闻。

伴随着盲人、老鼠和流浪狗的脚步,他在月色下的小巷里走了很久。

临近拂晓时,他被一个肤色暗沉的小个子站街女吸引,她很年轻,胸部还未发育成型,一边颤抖着,一边迫不及待地脱下衣衫。他野蛮地占有了她,还把她的肩膀咬

---

① 即拉瓦亚克,他于 1610 年 5 月 14 日暗杀了亨利四世。
② 马勒博(Malherbe,1555—1628),法国诗人,被认为是古典主义的先驱之一。
③ 拉康(Racan ,1589—1670),一位具有宗教和田园灵感的诗人,是马勒博最喜欢的弟子之一。

出了血。他自语道,第一次明白了公马与母马交配时的那种粗暴。某个瞬间,他想象着勒住她的脖子,就这样占有她,激动得快要窒息和脱臼。他装作什么也没发生,当他穿上衣服时,她没有表达谢意,这令他感到有点儿意外。

每天的同一时间,他都会去同一片巷子里游荡,找寻那个黑皮肤的女孩,她的祖先是以标枪为武器的勇士。他在她的皮肤、她的下体的气味中,感受着赤身裸体的狩猎者与野兽对阵呼嚎的古老故事。

起初,他对她是怜爱。但是,渐渐地一股激烈的情感撕裂着他的五脏六腑。他希望她搬出来与他同住,试图帮她摆脱命运,却未能成功。他一天去找她好几次,写诗赞美她的肤色和她的悲惨。那时候,他和皮埃尔·德芙乐是好友,此人也深谙这些痛苦,还给他看过他的一些诗。

读过其诗之后,他痛苦倍增:因为这些诗歌颂扬着他所钟爱的事物;因为这些诗作并非出自他手:

谁曾目睹黑暗中喷涌而出的光亮/或是炙炭中爆发出的纯洁之焰?

其中一首这样写道：

瞧这黑色的镣铐将我心紧锁/将这黑暗全权交付于我的征服者/苍白的双手却给不了这般强劲的拥抱。

后来，他的殷勤令女孩厌烦。她开始哀叹，变得冷淡，出言侮辱。终于，她决定排斥他，渴望他不要再来，甚至叫打手威胁他。于是，他明白了执拗的爱情与之无缘，死亡、冷漠或缺席总会插足于他和渴望的事物之间。他久久地徘徊于绝望的边缘，最终被吞噬，陷入万劫不复之中却还感到快乐不已。

他开始酗酒，迷失了生活的意义，昼寝夜出。他同母亲、妻子、兄弟、年幼的儿子，及所有弃他而去的逝者——或是被其忘却的逝者们交谈。他会在清醒的时刻写作，想象着月夜下的景色，被施以酷刑的树木。这即是1609年出版的《莉迪》。这些诗歌如今早已被遗忘，那些文字描述着荒山野岭里的墓冢和洞穴、被踩躏的山水、酷刑、痛苦恐怖的战场，他在诗中坦白宁愿死去，也不要遭遇生命中的不合时宜。

他住在科尔得利街上一个狭小的房间里，将自己关了整整三天。当时是 1613 年初，冬天令人感到恐惧。街上时常出现颜色发青蜷缩成一团的尸体，枯枝一般易碎的胎儿。三天之后，生活于他突然变得简单而异彩纷呈，如同沐浴在春日的晨曦里。

他手持宝剑，亲吻剑刃，测试着它的锋利，将其卡在墙体和倒置的椅背之间，有点儿倾斜，于是又拖来一个家具使之更好地保持直立。继而，他开始切割橡木桌布上的每一根流苏，柜子门上的每一个线脚装饰，脑中浮现出火堆中的赫拉克勒斯①。他想起了他的老朋友西蒙，他们已经许久未见了，他一定在为其担忧。他闭上眼睛，屏住呼吸，身子前倾，想象着伊卡洛斯逃离他那迷宫般的监狱②。

---

① 为了摆脱灼伤其肉体的有毒束腰外衣造成的可怕痛苦，赫拉克勒斯冲到大埃塔山顶竖起一个火葬堆，投身火海自焚而亡。

② 伊卡洛斯是代达罗斯的儿子。被克里特岛国王米诺斯关进迷宫的囚犯们，凭借代达罗斯为他们制作的翅膀，飞上天空从而得以逃脱。

艾米莉·狄金森

一袭白衣①，未离居所②。

那是一幢用棕色砖砌成的别墅，二楼有个房间非常宽敞。她就生活在那儿③，也在那儿死去，从未或几乎从未踏出过府邸。房子被花园环绕，里面长满参天大树。客厅昏暗凉爽，摆放着一架钢琴和一些齐整的书。她说自己喜欢孤寂、严谨的书籍。它们使她的身体变得如此寒冷，以至于任何火焰都不能温暖她。或许它们使她感受到突然脑洞大开。她说这是她所拥有的唯一的两种能让她知道是否是诗歌的方式。

她的同伴是夕阳、山丘、池塘和一只如她一般大

---

① 艾米莉·狄金森穿着白色长裙——"上帝挑选的白色"长裙——象征着她的使命，与她的隐居生活相呼应。

② 从三十岁起，艾米莉·狄金森（Emily Dickinson, 1830—1886）就足不出户，再也未踏出家门。

③ 从 1830 年到 1886 年，在马萨诸塞州新英格兰中心的阿默斯特，距离波士顿约一百英里。

的狗。

战争①是一个满身污泥的战士,渴望带一束鲜花去前线。世界则是一个充满树影和鸟儿的花园,一个微小的花园,在那里晨曦受到威胁。

让我们手牵手,她说,祈祷鸟儿鸣唱之时,我们②一个也不会缺席。

她爱着一个牧师,但他已有妻女。他在一个四月天离去,万物正吐芽。她对她的狗、风中的树木倾诉其痛苦,将之诉诸笔端。她也爱过一个法官,他离世了。最终,她只爱上帝,他活在每一个昆虫里,每一根摇曳的小草里,在每个黄昏逝去。

时间令她惊恐。所有的谜都使她害怕。她在阴暗的边缘,沿着崎岖模糊的边界缓缓前行,那儿死亡迈着小步一点点地流入生命。

人们这样想象她:用指尖捋顺随时准备颤抖起舞的

---

① 隐射美国南北战争(1861—1864),这是一场关于奴隶制的内战,使美国北部各州(工业的、共和的)与南方各州(传统的、奴隶制的)之间形成对抗。

② 指艾米莉·狄金森和她的表姐妹,即诺克罗斯姊妹。

知更鸟羽毛,抚摸着耶稣血溅十字架的胸膛。此刻一只蜜蜂撞上玻璃。她抬起头,急忙打开窗户。

活着如此令人震惊,她说。而离去是如此仓促。

她修剪百合、向日葵、伯利恒之星①。花儿②在她手中不会死去。所有的花之中,她最爱印第安长管烟斗。这是一种白色的花,有点儿浓密。叶片透明,茎秆光滑。

她书写:信件、诗歌。她以为是在写信和写诗。实则二者如一,都是同一个声音在书写。大量的书信和诗歌,光芒四射,文字里昆虫振翅,风儿沙沙,鸟儿成群,墓碑林立,玫瑰遍地。众生如草芥,霜寒时来袭。

你们可能见过她:红棕色的头发,用发带扎着。传说她容貌丑陋,喜爱蜜蜂③、蝗虫、睡莲、枝头跳动的鸟儿、沙沙作响的树叶。传说她身上有一种奇特而温柔的光芒,时而会露出那深表歉意的眼神。

---

① 一种百合花,以其罕见的白色花朵而著称。
② 艾米莉·狄金森经常将诗歌比作花朵,将两者比作爱情。
③ 蜜蜂是热烈、感性的爱情的象征。

她的心跳急促,她的呼吸亦是如此。

她经常想到耶稣受难,想到胸口浸染着鲜血的鸟儿奄奄一息。如他一样,她照亮所爱之人的心灵。如他一样,她内心在燃烧,将那少数几个偶尔靠近之人的能量消耗殆尽。

她的父亲:某日在一个顿挫间就消失了。

后来,她的母亲变成了雪花滑落指尖,继而随风飘扬,直至狂风暴雪,她称之为"无限"。

她不知道什么是永恒——除非让她躺在一片汪洋大海中。

一天之中,她有一半时间都在写作。另一半时间,不容小觑,用在了为家人制作面包上。她做的面包紧致,微白,有点儿腐殖土的味道。

她经常想象死亡,会有种半生不熟的模糊声音,像只醉酒的苍蝇;会有坠落、急促的嗓音、颠覆、箱子、木板。沉闷的死寂环绕着屋子。有种局促不安。

来来回回的低音。

会有一段对话——也许。

直到唇角长满青苔——

上面写着——我们的名字。

卡桑德拉

丑且黑。恐怖、坚定得令人难以置信。简直就是一个帕尔卡①。手指似蜘蛛般不停地转动。眼睛发黄,皮肤干瘪多皱。她家里的壁炉永远都是热的,因为害怕有恶魔从屋顶钻进来。没人记得她年轻时或者微笑时的模样。

认为她疯了的断言是错误的。这样说等同于承认其言辞让我们完全无法理解;承认她属于另一个世界,我们不懂的世界。

她喜欢鼹鼠、蜥蜴、石貂,枯萎的水仙和柳树皮酸酸的味道。她说,死亡是一只折了腿的苍蝇,藏身于大树荫中。她还说:上帝使霉菌在大地蔓延,成为我汲取定力的肥堆。她炼制药剂,引来那些可怜的疯子前来食用,他们

① 帕尔卡是罗马神话中命运三女神的统称,对应于希腊神话中的摩伊拉。命运三女神中的克洛托纺出生命之线;拉克西斯决定其长短;阿特罗波斯则将它无情地切断。

相信其魔法。这些傻子，我们也不再清楚是人还是兽。人们极少见到她，只呼她为卡桑德拉。

　　她住在一个恐怖的迷宫中心。自从大瘟疫①带走了她的丈夫和三个儿子，她就躲藏在家里不再露面。她害怕野猪、睡鼠，畏惧寒冷、风霜、八月的炎炎烈日和秋天伤感的雨水。至于野兽，主要是一种杂糅着敬畏的恐惧，因为她同它们交谈，懂得它们的回应。一切事物都让她感到恐惧，除了狼：她喜欢狼，在它们眼中读出了自己的光阴故事，在它们眼中看到了自己长子的眼神，还有沉默的受害者在其内心呐喊的粗野。

　　人们在村里见过她几次。只有神父同她讲话。她表情严肃，神态冷淡，下巴僵硬，双目低垂，吐出一些悲观干瘪的言辞，像母山羊的粪便砸在这个男人脸上，他为那个人效劳，而她所承受的所有痛苦都是那个人造成的。

　　但她不是疯子；甚至在她的孩子离世后，她还知道抚养神父托付给她的弃儿。那孩子长大成人，也许有点儿

---

　　① 指黑死病。

怪异,但却能读书,识字,评论福音书。

一天,在村里,她手指苍天大喊:"唉,总是要死!"继而,她喃喃说道:"他们所有人都将劳作,命运选择了他们;所有人都要卑躬屈膝。呻吟,通过泪水和生命,一直呻吟。"

没人能懂,但是每个人很害怕。她经过时,门窗都紧闭。人们知道她懂得灰林鸮、公山羊及林中鸟兽之语。有人说,她饮猫尿。还说,她生食耗子头,吮吸死人的脚趾头。

那是很久之前了。她已经垂垂老矣。曾有过几个小孩跑去了她家,没告诉任何人。她与他们讲话。他们完全不懂,只听到一些杂乱无章的零散语句从她嘴里蹦出来,就像是一席话选择了她作为储藏室①。她讲述着那些他们不曾经历的年代里的故事,那些男男女女的故事仿佛沐浴着黄色的亮光。有时候,她会给他们一些不新

---

① 就像德尔斐的皮提亚一样,他以一种神秘的方式表达了阿波罗的神谕。卡桑德拉的形象,就像阿波罗的女祭司——面对调情的拒绝——注定了为了预防而预言,但却没有任何机会被听到。因此,她徒劳地预言了特洛伊和她整个家族的悲惨结局。

鲜的饼干和覆盆子糖浆。她摸着他们的头发，呼他们为小昆虫，小羊羔。他们对她感到很好奇。

一天早上，人们发现她死了，脸上绽放出缺齿的笑容。人们听到过灌木丛后面有呻吟声，但无法确认那是狼嚎，还是风鸣，又或是她领养的那孩童的啼哭。她的尸体已经僵硬，就像被水浸透的椴木。有人说，人们三天前听到的声音并非出自她口，而是魔鬼、弃儿与野兽在哀嚎其长兄。人们将其安葬，还辅以临终圣事，因为神父坚持要如此操办。

有人冒险潜入她家。他们什么也没找到，除了一个小匣子，里面锁着一些粗糙的首饰，无甚价值，几缕头发，应该是她丈夫和三个儿子的，一只干枯的狼耳朵，昆虫的尸体，不计其数的枯枝，饼干，还有一面完全不透光的小镜子①。

---

① 镜子（拉丁语 *speculum*，"推测"一词的来源）是最古老的占卜用具之一。

拉撒路①

他沉睡着。这个男孩举止优雅,神情忧郁,有时会忘了周遭的世界,逐渐地关闭心门,陷入其内心世界。他是一个缺席者,一个人们不敢同他谈论俗事之人。一个狂热分子,目睹过意想不到的真相。

他得了令人恐惧的恶疾,连狗都感到困惑。一到酷暑天,天空如洗,万物寂静时,他就会四肢发僵,步履蹒跚,瘫倒于尘埃中,在烈日沉沉下昏睡。这是一种奇怪的病,人们猜测可能与天空的状态有关。但是没人能绝对肯定。他自己也一无所知。他说,他时常会觉得有个罩子将其封住,而这总是发生在太阳当顶之时。于是,他就会沉睡,跌倒。

他说,上帝选择了他,因为上帝在人类的苍穹之上独一无二,冷酷无情地统治着广袤无垠的疆土,将他的无限仁慈碾压于其上。上帝是一束令人无法承受的炫目之

---

① 据《约翰福音》记载,拉撒路是"耶稣之友",马大和马利亚的兄弟。

71

光,释放出永不枯竭的热量。于是,世界远去,变成了记忆中的呢喃,他沉沉睡去。

他个子高大,嗓音低沉,头发蓬乱。他语速很慢,说话时挥舞着纤细的手指,长长的手臂很美。他总是穿着一件白麻长袍,而衣衫之下赤身裸体。

传说他曾在库姆兰①学习,若不是修道院的神父无法容忍他那突然来袭的沉睡,毫无疑问,他会留在那里。就是在那儿,他结识了一生中的挚友。

他喜欢五月晨曦中的银葵、玫瑰、水瓮、面包、流水声,以及柠檬树的味道。他还喜欢狗身上的杀气,当他们互相撕咬、鲜血四溅时的那种疯狂。这是些简单却可怕的事,是他不一定会承认的阴暗欲望。一天晚上,他看见一只豹子抓住了一个去井边汲水的小孩。他的视线被这个闪电般迅速的劫持所吸引,仿佛看到野兽嘴里叼着的是他自己。他感受到一种从未体验过的感觉,就像一股快感。

---

① 位于犹太沙漠地区(今以色列)的一处遗址,在公元前一世纪和公元一世纪之间曾居住着艾赛尼的犹太族群。人们在此处发现了最重要的古代希伯来文手稿,称为"死海古卷"。

女人不属于他的世界。苏珊和莎乐美爱过他，他眼里却没有她们。他一定是认为她们太过肤浅，太过于在乎自己的外表。他对舒冉的乔安娜有种模糊的情感，而她坦言被他的优雅和他身上那种迟缓的庄严所吸引。但是她在某天突然消失了。我们不清楚他对于任何其他女性的爱慕之情。他时而于深夜行走在城北的山丘中，白色的身影似一个幽灵穿梭于橄榄树林和干枯的灌木丛中。他想念他的朋友。他自语道，爱情是一种肉体的脆弱和灵魂的伟大。在这二者之中，他无从选择。

他的病不仅在烈日下会发作。有时候，一次紧张的冲突，或者一种极度的恐惧就足以使他的恶疾发作。于是，心跳停止，躯体变冷，对白天的日照失去了知觉。这种虚弱的体质阻碍他成为一名模范弟子，成为一个可以行走在村野田间的土地丈量员。起初，他本是十五个成员①中的一分子，但随后他就不得不离开。他的好友派遣了七十人穿越这片地区②，其中甚至都没有他，尽管他

① 耶稣从中拣选十二使徒的门徒群体。
② 隐射耶稣差遣的七十个门徒，每两人一组，到他准备经过的地方。

心中怀着最纯洁的爱,毫无疑问是其最珍贵、最认真的弟子。

有时候,当他注视着他,他自语道,他多希望自己同他一样。某天,他听他谈到狐狸有穴,鸟儿有巢,而他却无一处可安枕。于是,他放声哭泣,因为他觉得他原本可以像他的朋友那样讲话。如此这般:他倾听着他的发言,当听他说到人类和天国的疯狂,卑微之人的伟大,有权之人的蔑视、仁慈、宽恕和爱时,他会时常落泪。他深爱他的嗓音,喜欢在他眼中看到光芒。一个举动,一个神色就令他快乐满满。他只是希冀着爱和渴望被爱。

他陷入长眠,他的朋友奔赴至此来拯救他,将他从那昏暗阴冷之地移出。

他沉睡着,就像突然的簌簌声。朋友就在那儿,世界又慢慢变成了连续低沉之声。他好像听到了水流声,又或是遥远的回声。随后,他感觉到肩膀被轻抚。一种细微的紧张。周身的绷带①开始沙沙作响。眼睑稍有跳动,但他却不知道。他只知道这湛蓝在一点点渗入。首

---

① 用来固定包着拉撒路的裹尸布的绷带。

先是浑浊的,接着越来越明亮,就像是涌入一股清泉——童年时纯洁的水。

于是,传来一种声音。一种忧郁之声,是往昔的水和回音,是他身上这微小的轻抚。一种温柔热情的嗓音,膨胀着打破了他树立的藩篱,潜入其间,穿行,这嗓音继而变成了呼唤,大声的叫喊,最后成了绝望的尖叫,使之站立,走向尽头那个闪光点。

三

踪迹
Traces

西小怜

　　此人是个疯子，以狐狸为友，长着一颗巨大无比的脑袋，蹲在路边，下巴枕着膝盖，看蛞蝓爬行，同火鸡说话。

　　他记得粪便的味道，记得落日的余晖，雨燕鸣叫时人们手手相传，草草地将便桶装上大车，显得手忙脚乱。他的茅屋在花园深处。他静静地站着，观察这一曲芭蕾舞双重奏，鸟儿的鸣叫穿透空气，与木桶装满粪便的激荡声相呼应，粪便时而喷溅出来，当其中一个侍丛大笑或者跌倒时，就会被粪便弄脏下半身的衣服。

　　他的父母将其隔离。他的父亲怀疑他并非其亲生子，用竹子给他另建了一个茅屋，就在每天晚上人们去街上倾倒便盆的必经之门附近。

　　就是在那儿，他练就了一门令人不解的语言，无限重复的音节、弹舌、吮吸音、重重的呼气声。当瘟疫横行时，他的父母死了。他目睹他们衰弱，继而突然倒下，却没感受到任何痛苦。那个时候，人们都忙着操心其他的事，比如喂老鼠、灭球螋。到处都回荡着锣鼓喧嚣、哭灵女、长笛和二胡的声音。

人们在几周之后才找到他，把他交给了县衙。他被发现时，满是泥泞，全身颤抖着，已经不省人事。毫无疑问，他一定是很长时间没有进食了。没人听过他抱怨。

人们觉得他很怪异，与世无争。他对所有人鞠躬，商人，屠夫，挑水工，秘书，所有在他看来像是有权之人。他的鞠躬不似风吹过竹竿的那种微折，而是将身子折成两段的九十度弯腰，就像某些报时钟上自动木偶的直角式鞠躬。同时，他还笑着重复一些毫无意义的音节。人们找他逗趣，问他话，他却无法说出一个符合逻辑的句子。只是像个疯子般转动着眼睛，继而大笑，就好像人们给他讲了一个笑话，就像他不再是个小孩一样，人们不知所措，只得放了他。

他住在一个漏雨的废弃屋子里。但他好像毫不在乎，就算是暴风雨来袭，他也不另寻躲避之处。

大家都不知道是谁在散布谣言，说他会法术，能变身，可以在酷暑之夜变成猴子或者狐狸，出现在渎神者面前，纠缠他们，驱逐他们直至地狱。于是，一些虚弱的灵魂看他的时候会带着某种迷信的敬畏,将其怪异的言语、晦涩的举止视为神谕之一。

而他对这些却一无所知。行走在街上,他依然面带微笑,见人就九十度鞠躬,有时候在吓得不敢动弹的毛孩子面前亦是如此。

人们注意到一个无法解释的现象,他走路时会避开女人和某些动物的影子①。

他的头颅硕大无比;但眼神却很温柔,眉目也算清秀。背部厚实,肩膀健硕。他步伐沉重,奔跑的方式很奇特——可以说是相当滑稽,无疑是因为他硕大的脑袋。

某天,一个猥琐的女人发誓说,有天晚上在她博得他愉悦的喘息之后,他说了两个词:"粪便"和"该死的孩子"。这件事情传开了,自这天之后,孩子们经常跑到他身旁,对他说这两个词,他还笑着重复。这是人们从他口中听到的唯一合乎常理的语言——尽管他肆无忌惮地使

---

① 影子通常被认为是人或动物的替身。一种被称作踩影的魔魔法就是踩着受害者的影子前行。

用它们,对着白云喊叫"粪便",对着树木说"该死的孩子"。他笑着。随后,就是些咕咕哝哝的话,或者随意重复的音节,就像是反光镜里的倒影。

狂风暴雨的日子,他待在家里,淋着雨,神情迷惘,目光呆滞。有时候,身旁会出现一条狗,一只火鸡,或者一头裹满泥泞的小猪仔,在瑟瑟发抖地找寻着避风港。他牵着它,把它带到一个躲避处,对它说"该死的孩子"。他用自己的鼻子拱拱它的鼻子,对它说"粪便"。他笑着。随后,就是些疯子的言语。

他经常不在家,跑到树林去待上数日。这总是发生在他被某件事惊扰到之后,比如一个仁慈的灵魂试图去教他说一些他不会的词,或者太多小孩厌倦了他的鞠躬,笑着追赶他。

于是,他跑向森林,摇摆着手臂,巨大的脑袋摇摇晃晃,时而发出受伤动物低沉的叫声。他跑到一处林中空地才停下来,待在那儿,气喘吁吁,蓬头垢面。他抚摸着树木,对着草木咕哝,倾听着石头的呼吸①。

---

① 就像在日本,人们所说的,我们听着它们长大。

安布鲁瓦兹·布鲁内

在这里我无意去讲述他是何人，只是转述一些碎片，一些极小的碎屑，拆解而今已被遗忘的一生里的某些关联。我就是一只不断挖掘的金龟子，或是一只蚂蚁在不遗余力地捡拾着一堆干树枝，储存起来以便筑窝。

这是一位年事颇高的老者，独自一人生活在小木屋里。他的同伴们是那冻得他阴茎萎缩的刺骨寒风，长满龙胆的牧场，几本书，一个孩童夭折的记忆，清凉的激流。曾经接近过他的人还记得他清澈犀利的眼神，言简意赅的话语，无论什么谈话，他都会装作有点儿兴趣，但很快地，一只锡嘴雀的飞翔或者一只羚羊的脚步就会令其分心。

他正直，神秘，瘦削，毫不在意穿着。他衣衫褴褛，这与其严谨的举止，洁净的言语形成强烈反差。他给人的印象是，就算是其口中最简短的词句，也须得经受住对准确度的严格考察。但是，他偶尔也会撒谎，例如他会假装对痛苦和无聊视而不见。可他也常说,生命会一直在这两种状态中摇摆,逃离出其中一种状态,就必然会陷入另一种状态中。他说:痛苦与无聊源于混乱,源于想要消灭另一方的永恒欲望,这样就可以将任何现实都占为己有。这是一种冲动,而爱情则是治疗这种冲动不可或缺的药方。如果我丧失了这种冲动,这可能是因为我的生命不完整;但是这种不完整与我很相宜。

夏天的晚上,他躺在清泉旁过夜,听着万物窃窃私语,风儿沙沙作响。拂晓时,他再次身处全新的和谐氛围中。

他的小屋阴暗,狭窄。他借用了所有天赐之物:动物的皮、毛、油脂、树木、枝叶、根茎、果实、树皮、幼虫、某些昆虫、花和植物。有几件物什他从不离身:一把刀,一根榛木杖,一顶宽边帽和一个小木雕,上面刻着两个缩写字母。

这可是很令人惊讶的,看到一个老者如此这般地生存着,在这种极度恶劣的环境中,在这种几乎完全一无所有的状态中。人们猜测，可能是某种东西支撑着他，使他活跃着：一张发黄照片的记忆，一个令人跌倒的发笑，又或是一个身体温热的跳动。人们担心他的冬眠，冬日里苍白短暂的死亡。

他这样度过了四年。只要还能自给自足，不让自己缺衣少食，受天寒地冻，就基本不踏足村里。四月的某天，有人发现他一动不动地倒在平底锅旁边，头靠着石头墙，眼睛盯着已经熄灭的火焰，身体发烫得昏厥过去。人们成功解开了他交叉的双手，拿出了其掌中紧握的小木雕。

至于他人生中的其余部分，无人关注。

阿格里帕·德奥比涅[①]

他如今是位老者。白昼将尽时，阳光与地面齐平，勾勒出他手背上的青筋。他的皮肤光泽，几乎半透明，长了些斑点。牙齿缺了几颗。沉默寡言——只是曾经话太多。健壮，充满了骄傲和矛盾，既粗野又博学，能文又能武，爱吃喝唱笑，却也满腹人文情怀[②]，对任何事都不懂得原谅。

他目光清澈且耿直，似要确认人们听懂了他说的话；下颌凸出，大腹便便，虎背熊腰。他极少开口，但他的嗓音依然洪亮，音色沙哑。他讨厌奉承者，臣僚，娘娘腔的王公们，无精打采的神情，及猴子戴着假发在宫廷里行走时疲惫的步伐。他属于一个粗俗的世界，一个充满健硕味道的明朗世界，那里人们的臂膀强壮，友谊也牢固。

---

① 阿格里帕·德奥比涅（Agrippa d'Aubigné，1552—1630），法国耶稣教作家和诗人。

② 懂拉丁语、希腊语和希伯来语。

到处充斥着死亡。他很早就见识了死亡的面目:首先是梦里,在一个陌生母亲冰冷的面孔上①。或是稍后,八岁时,他的父亲让他在昂布瓦兹的谋反者②抽动的尸体前起誓,这一生将致力于为这不公而报仇雪恨。又或是当他还是孩子时,便参加了第三次宗教战争③。在那里,他目睹天主教徒杀死了他们成千上万的同胞。他亲见那些令人生畏的粗暴大兵,即他的同盟者,四处播下死亡的种子。他看见熊熊烈焰的谷仓里尖叫的火把,骨肉如柴的人游走在被摧毁的村落间,满是鲜血的新生儿躺在一堆尸骨中。那是 1567 年,他才刚刚十五岁,乳臭未干。

他执着于爱④,忠于友谊。呆板,强硬。不懂妥协的

---

① 阿格里帕·德奥比涅出生于 1552 年 2 月 8 日,他的降生致使母亲离世。因此,他的名字叫阿格里帕(来自拉丁语 *aegre partus*,"难产")。

② 加尔文教徒于 1560 年成立的密谋团体,旨在使弗朗西斯二世脱离吉斯家族和天主教阵营的统治。他们的阴谋被挫败,所有谋反者都被处决。正是在胡格诺派殉道者的头颅前,阿格里帕·德奥比涅的父亲让他宣誓复仇。三年后,他的父亲在被围困的奥尔良去世。

③ 胡格诺派和天主教徒之间的对抗,这场战争发生在 1568 年至 1570 年之间。

④ 他的挚爱是黛安·萨维亚蒂(Diane Saviati),她是龙沙(Ronsard,1524—1585)在他的《爱》(*Amours*,1552)中唱颂的卡桑德拉的侄女。

艺术。他的怨恨根深蒂固，誓言不可更改。背叛比亲人的离世更让他难过。

在查斯特尔刺杀案①之后，亨利向他展示其穿孔的舌头，他回应说："陛下，您又在口舌上否认了上帝②，所以它们才被刺穿。如果您在心里背叛他，也同样会被一箭穿心③。"

他一直都保留着对强烈对称句的文学品味。

终于迎来了和平：他却不识得。遗忘啃噬着时光，他却完全不懂得遗忘。时间于他人在流逝，于他却并非如此。

时间是位啰嗦的老人，是个圈，无休止地带来同样的心碎裂痕，同样的仇恨呐喊。不停地重温同一个沉重潮湿的日子——一个让人汗流浃背的日子，湿透的衣衫紧贴着皮肤，令人丢盔弃甲，毫无办法。总之，是一个平凡

① 查斯特尔（Chastel）是一个年仅十九岁的年轻人，他于 1594 年 12 月 27 日持刀袭击了亨利四世，但只击中了他的上唇并砍断了一颗牙齿。

② 亨利四世于 1593 年发誓弃绝原来的宗教信仰（放弃新教）。

③ 亨利四世的确于 1610 年 5 月 14 日被拉瓦亚克（Ravaillac）暗杀。

的日子。那天，他不在巴黎①。平静的夜晚，月色很美。时值 8 月 24 日②。他正在蟋蟀声中安睡，当屠杀发生的时候——寻常的牺牲，他说。人们将他的兄弟开膛破肚，而他在沉睡。人们奸淫，割喉，肢解，用刀子在无辜之人的躯体里恼恨地挖剖，塞纳河漂满了尸体，全是鲜血和尖叫，而他在月色下酣睡。

自那之后，他不再活着。他说他本应有份。他说人们不会书写，如果没有什么去约束我们，去不停地渴望属于他的那份债。如果没有办法清算，那总要扯平。否则，我们无法存活。

随着年岁渐长，他变得更加顽固。树木在数十年的时光里失去了柔韧，躯体逐渐虚弱，却依然还能够挺直。据说，有些年老的公羊③会咬人。他见证了所有的归顺，

---

① 在莫伯特广场附近的一场战斗中，他作为朋友的助理，打伤了一名想要逮捕他的警卫，于是不得不逃跑；时值圣巴塞洛缪节前三天。

② 1572 年 8 月 24 日，圣巴塞洛缪节，在国王查理九世的命令下，巴黎的天主教徒屠杀了数千名新教徒——这一天是宗教排斥和狂热的象征。

③ 隐射《悲剧集》的首版发行时没有任何其他作者的名字，只有首字母缩写 L. B. D. D. ，"Le Bouc Du Désert"（沙漠公羊），指的是其作者因在南特敕令的谈判大会上态度顽固而获得的绰号。

所有的否认。他的儿子①改宗了。他的许多朋友也一样。唯有古文阅读是慰藉他的港湾。

1616 年,他发表了《悲剧集》(*Les Tragiques*)②。这是一部鸿篇巨制,是一座个人博物馆,一座照亮地狱之光的博物馆。那里有柴堆和冒烟的内脏,被母亲吃掉的孩子,伪装成禽兽的人,刺穿的胸膛,熏香的臣僚,王公,诸神,饿狼般的吞食,血流成河。这是一座美术陈列馆,摆满了令人毛骨悚然的残忍画作,他以这种方式来还债。镀金镶边已经失去光泽,但上面血红的色彩依然鲜艳。

但是,战争年代已被遗忘——人们希望如此。但是语言已经发生了改变:不再是龙沙的时代,而是马勒的年代。他的呐喊就像一个气泡爆破在沼泽地的水面上。所有这些就像是一个老诗人满含怨气和戾气的陈词滥调,一个昏厥幽灵的煽动者,一头顽强的老公羊。他也过时

---

① 即弗朗索瓦丝·德奥比涅(Françoise d'Aubigné)的父亲贡斯当·德奥比涅(Constant d'Aubigné)。弗朗索瓦丝·德奥比涅后来被封为曼特农夫人,于 1683 年成为路易十四的妻子。

② 诗歌集(共七卷,九千三百零二首亚历山大体的诗),始于 1577年,完成于 1615 年。这是一部生命之作,是关于迫害和信仰的宗教战争的史诗,也是对他被屠杀的兄弟们的最后致敬。

了，就像可能发生的那样。没有任何回音。

他坐在湖边①。当落日西沉时，他粗野的躯体逐渐展开，在弯弯曲曲的巷子里小心翼翼地前行，继而淹没在走马车的拱门下。他在家里度过最清醒的时光，坐在窗边猩红色的扶手椅中。窗外的花园野草重生，猫儿时常来访。那里有交叠的屋顶，还有个湖。他喜欢从这里看到的风景。他会阅读，也许吧。或者，他的目光会迷失在彼岸。

他常常会忆起 8 月 24 日他在普莱西附近的一间民宿过夜的那个晚上②。他吃了一片五花肉，一些番薯、鸭蛋和炸蔬菜，还喝了一瓶有点儿酸的葡萄酒。他猜测是那种偶尔能低价购得的意大利酒，酸酸的，如同臣僚们的宫廷话语一般，就像他们的密谋一样阴险而可怕。那一夜，他睡得不好，梦到了绞刑架，剖开的胸腔，在他头顶悬

---

① 指瑞士的日内瓦湖，他于 1620 年开始在此退隐，直至 1630 年 5 月 9 日在此离世。

② 圣巴塞洛缪节那天，阿格里帕·德奥比涅不在巴黎。三天前，他在一次战斗中打伤了一名警卫；后者想逮捕他，于是他逃离了首都。

挂着的苍白死者。屠杀最惨烈的时候，他起床小便并喝了一碗温水。皎洁的月色下，他看见窗前飘过榀木的身影。

　　这是一个美丽的夜，也许有点儿热。一个寂静与神秘的和谐相呼应之夜。

威廉·莎士比亚

不相称：

屠家念经

——李商隐

《义山杂纂》

有人说，他年少时曾因偷取猎物而被鞭笞入狱；说他喜欢与酒鬼为伍，更胜过古典诗人；说他可怜的职业生涯始于为戏院的观众牵马；说他的一生从未写过一行字；说他或许是个粗俗的誊写人，一个抄袭者。据传，罗伯特·格林①说他是"混迹笔端的乌鸦"；曾与他是朋友的本·琼森②，也把矛头指向他，说他"装成我们的导师，偷窃作家的作品"。总之，各种说法都有。

---

① 罗伯特·格林(Robert Greene, 1558—1592)，英国作家，与莎士比亚(1564—1616)同时代。

② 本·琼森(Benjamin Jonson, 1572—1637)，英国演员和作家，曾一度是莎士比亚的对手。

我在谈论一个幽灵。我在谈解剖尸体，迷幻的双眼，阴暗的酒馆，案板上的鲜血，一点点成型的微弱音乐。

约翰·奥布里①曾描写过的那种"一心二用"，成为流传至今的传奇。他确信这位屠夫之子能边解剖尸体，边高谈阔论（"……但当他屠宰一头小牛时，他会用一种高雅的风格，做个演讲"）。面对这肢体与声音的平衡，人们惊叹不已，这位无名者构建了一幅画面，将尸体与诗歌相连，血腥之味与诗词之韵相连，待宰之物迷离的眼神与字斟句酌的仁慈之语相连。

这幽灵于 1595 年加入了一个演员剧组。宽敞的大厅，灯火辉煌，伊丽莎白女王②在第一排正襟危坐，面色严肃，身上珠光宝气，很清楚自己的角色。而他，眼神一刻不离地盯着她。他梦想着触摸她，用他的双手去揉捏她神一般的肉体，去感受她的血液在搏动，肌肤在颤抖。只是看着她，于他而言一无所感。他喜欢用手捏泥土，使

---

① 约翰·奥布里(John Aubrey, 1626—1697)，英国作家，《名人小传》(*Brief Lives*)的作者。
② 正是在伊丽莎白一世(1558—1603)统治时期，伊丽莎白时代剧场成立。

劲地揉搓，使之成为坚固的圆球、小人塑像，随后即会扔掉。一切于他都在于触感。肌肤相亲，气味相吸，他喜欢感受其他人的存在就像是一场暴力行为。

夜色浓黑，一个身影在穿行。曼妙，寂静。

他经常出没在美人鱼酒馆，和本·琼森坐在火把微弱的光亮下，谈论着戏剧规则、三位一体及古希腊的经典作品。琼森是个巨汉，脖子上有条坏血病留下的长疤痕，大腹便便隆凸如山，双目凹陷神色严峻，臀部硕大左右摇摆，显得极为粗俗。德拉蒙德①说他是"极为自恋和自夸，对他人满是蔑视和误解"，尤其是在豪饮之后。他们二人杯盏交错，大肆畅饮。琼森主张遵守古典准则，而他却反对，在交谈中迅速给予巧妙的回击。他如此轻盈犀利就像一艘英国战舰，而顽固冗沉的琼森则似一艘西班牙商船。

火把熄灭，重回黑暗。

---

① 威廉·德拉蒙德（William Drummond，1585—1649），苏格兰诗人和历史学家。

1604 年,他回到斯特拉特福,四十年前他生于此地。据说,他在那里的唯一活动就是追着债务人讨要微薄的债务,积累钱财。人们不禁质疑。没人能将这两个毫不相干的形象联系在一起:一个是屠夫的儿子,以放高利贷为生;一个是博学的诗人,拥有无限丰富的词汇,通晓希腊、拉丁、中世纪文化以及司法、秘术、科学等知识,是学富五车的神话创造者。没有他的任何手稿样本留存于世,除了一个貌似不通笔墨之人的作品中出现过他的六个签名。另有三个签名出现在他的遗嘱中,他几乎将其全部财产都留给了他的女儿。没有任何书籍和个人著作的痕迹。

1616 年,人们安葬了这位高利贷者。明亮的清晨,温润的空气中花儿绽放。一个全新的世界在萌芽。没有几个人来送葬。墓地周围漂浮着忍冬花的味道,那里站着一个幽灵。有人说那是弗兰西斯·培根①站在他身后。也有人说是罗利②。众说纷纭。

---

① 弗朗西斯·培根(Francis Bacon,1561—1626),哲学家、散文家、政治家。

② 沃尔特·罗利(Walter Raleigh,1552—1618),政治家兼作家,失宠后于 1618 年被斩首。

移目卷轴。您瞧,他更像是挤在黑暗的角落里,面色犹疑,正忙着挥舞羽毛利剑或者令<u>巫</u>婆在月下起舞①。触动我们心扉的文字,正在他的笔端缓缓流淌。

---

① 在莎士比亚的《麦克白》(*Macbeth*,1606)中,三个女巫烹制了一种污浊的汤羹,引发了对英雄阐释的恐怖景象。

四

童 年
Enfances

皮埃尔·德芙乐

　　他出生在大屠杀的前夕，父母属于胡格诺派①。多亏了一个持戟步兵，此人满脸丘疹焦躁不安，却宅心仁厚，将其藏在一个壁橱内，他才得以逃过此劫。她的母亲被抓住，脱光，强暴，割喉，尸体被拖拽在楼板上，如同等待肢解的动物骨架。这个女人有着长长的黑发，棕色的皮肤，眼睛稍带点儿蒙古褶，其祖先有遥远的东方血统。人们将她的尸体从一座桥上抛下去。她的秀发缠绕着木梁上的销钉，身体就这样被水淹没到胸膛，与成千上万被倾倒入塞纳河中的尸体挤在一起，随着鲜红的血浪起伏摇晃。随后，人们也找到了她的丈夫，刺了他三刀，继而逼其投河。他用尽全身力气抓住了妻子的尸体，拖着她卷入这猩红的漩涡里。这个故事人尽皆知，后来成为了代表性事件。阿格里帕·德奥比涅在其作品《悲剧集》的

---

　　①　胡格诺派，天主教徒用来指代新教徒的贬义词。后者随后用它描述自己，就像后来的"无套裤汉"，重新借用了这个起初为贬义的词语。

第五卷①中记载了此事。

后来，人们听到哭声。一个邻居找到了他，用一块带点儿哈喇味的白煮肉喂饱了他，连夜逃到最近的教堂，将他放在一尊头顶光环的耶稣像脚下。早上神父发现了他，决定将其托付给墓地附近圣·伊诺桑修道院的修女们。次日奇迹出现：大片的黄花突然遍布墓地——人人都相信这是神灵许可的旨意。修女们为其洗礼，取名为"德芙乐"（意即"一些花"）。

他在多明我会中长大，执迷于圣书的研究，却从不立愿。十六岁时，他离开修道院，立志去发现世界。他决定去外省，就此逃离巴黎。他做过木匠、箍桶匠、马厩侍从、谷商、屠夫副手、园丁、梳理工、牲畜肢解工。凭着姣好的面容，清秀的眼神，他在两三个大腹便便的中产阶级单身者家中做到了重要职位。正是在这些年的任职中，他频繁进出图书馆，发现了贺拉

---

① 第五卷题为《镣铐》(Les Fers)，展现了胡格诺派教徒在圣巴塞洛缪节遭受的酷刑和殉难。

102

斯、维吉尔、奥维德、马洛、龙沙、莫里斯·塞万、杜贝莱和若代勒①。他极度痴迷这些作家，反复地阅读某些诗歌，深入揣摩其诗词的音乐、谐音、韵律及其所表达的意象。而后，他开始激励自己写作，这引起了其雇主们的钦佩。但人们指责其诗作有时太过晦涩，无法让人领会其意，且无益于诗歌的旋律。他并不反驳，继续写着诸多怪异的诗作，其中总是提到带爪的独角兽，猩红的孪生子，或者空气中充斥着叹息的坟墓。

1598 年春，他重返巴黎。当时已是二十六岁。他喜欢潮湿缓慢的夜晚，卢瓦河区的某些葡萄酒里有点儿浓郁的味道，还有女人们的体香。他受雇于一个公证员，有一天此人指责他只会与那些低贱的女人，如婊子、为兵痞服务的姑娘交往。他不知如何回答。他试图解释他对无声的悲痛心怀仁爱。

世纪交叠。他一直在创作，却从未想过出版。他并无财富，既不与文人往来，也不认识出版商。夜晚，他把

---

① 换言之，即文艺复兴时期和七星诗社（La Pléiade）最伟大的法国诗人（龙沙，杜贝莱，若代勒），以及他们的拉丁祖先（贺拉斯，维吉尔，奥维德）。

自己关在工作室,阅读或者写作,吃少许食物,偶尔会在午夜时外出,寻找某种强烈炽热的感觉。

1605 年 2 月的一天早上,他正沿着塞纳河漫步,一个穿着破衣服的老妪擦肩而过,继而又回过头来找他,抬手轻拍他的肩膀。他吓了一跳。空气寒冷而清新。整夜都在下雪,拂晓时一个银装素裹的全新世界呈现在人们眼前。老妪裹在极难辨认的衣服里,只剩下眼睛和手指露在外面。她向他打听姓名,说他小的时候她时常看见他。他问起在何地,她说和其他僧侣一起。他露出微笑,她犹豫片刻,道出壁橱之事。他不明所以。于是,她带他来到家里,交谈了许久,还把三十二年前找到他的公寓指给他看。自那以后,一个虔诚清白的家庭住进了那里。

就这样,他发现了一个过去,这个过去充斥着无数恐怖、鲜血和谎言。老妪知道的甚少。她只是听到了哭声。尽管多方打听收集证据,他却无法得知其父母是何人。人们忘记了,或是不认识他们,又或许相识者与他们一起被屠杀了。

他的人生并没有因为发现身世之谜而发生颠覆。只是在夜间散步时,他有时候会在自己出生的房子前停留几分钟,看着灯光熄灭,倾听杯盘碗筷的声音,孩子的哭闹。

他认识并爱上了一个妓女,一个皮肤黝黑、身体柔韧的美人。他为她写了许多诗,尽管被她取笑,他还是试图为她朗诵。

1607 年,他结识了杜马斯,此人与他混迹于同处。他们惺惺相惜,成为好友,互相拜读彼此的作品。他也通过他结识了几位文人,他们都对其作品给予了相当高的好评。他的一些诗作得到发表,尤其是写给那个年轻妓女的诗歌。另一些作品被认为无法理解,其韵律不合规范。

长久以来,他都是这样度过,白日里处理一捆捆公文,晚上写着谜一般的诗,夜里出门在其他躯体里倾诉衷肠。他总是会去圣·伊诺桑附近的修道院和墓地①,那里曾经奇迹般地绽放出满地黄花。随后,在没人注意时,

① 已经消失的旧墓地,位于巴黎市中心,现在的中央大厅区(Les Halles)。

他就在那些永远也不会记得的窗前稍作停留,望着里面跳动的身影。然后,悄然离去,顺着楼房边沿默默前行。双手微垂,静静抚摸着石壁。

艾梅丽·斯旺

当然，她也会难受，但是她懂得用其他方式去表达她的欲望、恐惧和痛苦。她才十五岁，也许十六。从日落到清晨，她整夜都在树林里奔跑，只要月亮在山后一露脸，她就赶紧逃离住处，然后在第一声鸟叫前回去。像所有的父母一样，她的父母也沉默寡言，经常彼此敌视，他们喝完汤粥后会仔细地检查盘底，却从来看不到她身上散发的光芒。他们也从未质疑过在木十字架、播种和畜铃声之外还存在一个世界，那里有气味、声音、无形的呼吸和风情的爱抚，满是看不见的面孔与她的女儿交谈，安慰着她，做她需要的圣水缸。早上，他们会责怪她划破了膝盖或是弄乱了头发。中午，他们在沉默中用餐。晚上，亦是如此。在这两个令人昏昏欲睡的仪式之间，他们在烈日炎炎下汗流浃背。偶尔他们也会打个盹儿，因为夜晚的睡眠很短暂。然后，在就寝之后，她将头戴月桂枝的十字架面对墙壁，翻越窗户。

可上帝看着她呢。他爱她身上的一切:秀美,天真,不好虚荣,不喜奉承,尽心修业,尤其是她身上这种近似动物的无辜,在他看来和曾经的亚伯①是一样的本性。亚伯是上帝特别钟爱的孩子,他奉献的祭品,香味令上帝陶醉。但她已知晓被这自私善妒的上帝过分宠爱的危险。因此,她祈祷水泽仙女和森林山神,伸着四肢躺在潮湿的洞中,那里住着渎神者,蔑视阳光,因为它独一无二,碾压一切,尽管群星闪耀,多且密。先祖之神掌控着这无处可逃的光秃秃的大片土地,而她的世界唯有矮树丛和山泉。她在黑夜里喝着奶,就像其他人在银色的圣体盒里饮着耶稣之血。她怀疑一切都没那么简单,她是复杂多变的。在前世,她本是貂鼠,是羚羊,或者春雪,或者一位拥抱狼群的小女孩。她没有亵渎神明,因为她不懂得这个词的意思。她很开心不属于这个被认为独一无二的世界。

她的牙齿白皙且尖锐,脚踝细腻,肤色金黄,身手敏

---

① 亚伯,该隐的弟弟,亚当和夏娃的第二个儿子。根据《圣经·创世记》的记载,上帝看重亚伯的礼物,但蔑视该隐的供物(因为他并非无罪)。该隐被激怒,大发雷霆,杀死了他的弟弟。

捷，美得像刚出炉的面包，或者可爱的鼬鼠。有时候，她皱着鼻子，像极了一个小动物，许是某种啮齿类，就似个毛茸茸的肉球，感觉很暖和、很温柔。好几个男孩因她自慰，意淫着她柔韧的身体，一丝不挂地压着他们。但其实没有人敢靠近她，因为她很孤僻、不爱交际。尽管笑着，但这微笑总是逃离的借口。

唯有山林和泉水里的无形伙伴最了解她，因为她毫无保留地把自己献给它们。这些存在只有她自己能看到，或者就算看不见却能感受到它们在身旁，在风的呢喃，水的幽暗里。她对它们倾诉一切：忧伤，快乐，恐惧，愉悦。他们一起嘲笑人类和上帝，然后一起入眠，沉浸在时间这美丽的无意识中。

但是，上帝开始讨厌这种不恭。他断定是时候介入其中了，他将坚固而痛苦地屹立在她和冥想世界之间。

或许，与上帝无关。但是，一天夜里她并未如期而至，因为她病了。

某天，她的举止开始变得怪异，且持续了数月。当她没被要求去田地里干活或者喂养牲畜的时候，她就跑向小径,逆着激流而上,清洗树枝。身上带着一把短弯刀,砍掉枯枝,捆成柴堆。然后,让它们长时间地干燥和变硬,继而又忘却了其存在。桤木在水中能够更好地变硬:她就一只手臂隔开激流,用巨大的山石制作一个承水盘,将桤木枝放在里面,浸泡几个星期。

山上到处都是这种柴堆①,有时人们在散步时偶尔会发现。人们不知道是什么去驱使她这样地堆积枯木,而后又随即忘却。有些人笑着说是疯狂;有些人说这是一种狂热的欲望,就类似某些动物总是重复着同样的动作一样神秘;一些人否认那是她;一些人怀疑是她的父母让她忙于捡柴,而他们随后会烧掉,只是为了不让她屈服于同龄男孩执着的眼神。

还有人甚至说,她到处捡枯木的癖好与老鼠或者鸟儿的本能如出一辙,当这些动物孕育着新生命的时候就会筑巢。人们假装不知道她好几个月都没露面了,她留

---

① 这些柴堆让人想起专为女巫而设的火刑和惩罚。在许多故事和传说中,女巫携带着柴捆。还应该注意的是,有一种迷信说法——建议向柴捆吐口水或看到一堆柴捆时画个十字——因为里面可能藏着女巫。

下的唯一踪迹就是那些堆积的枯枝，而她的父母变得比以前更沉默。

人们质疑某天夜色降临时瞥见的一个身影，但是却不知其名。那天晚上，人们听到山里有奇怪的叫声。早晨，一个牧羊人找到了一个血红的包裹，就在飘着桤木的盛水池中。

几周后，人们重新见到她，但却不再是她，仿佛脸上蒙着一层阴影，就像世界与她之间被放上了一层纤细的薄膜。

太阳每天清晨升起，生活照旧。白天她帮着做农活，就像以前一样。夜里，她依然去林中奔跑，却找不到她曾经睡过的山洞。泉水亦无声。树丛不再颤抖。再也没有了欢笑和香味，也没有了小乐曲，和那些隐身的存在。一天夜里，她出去时忘记把十字架翻转过来，回来时惊讶地发现木像的脸上竟然没有任何指责的意思。于是，她感到厌倦，再也不出去了。一天早上，她烧掉十字架，收集了火灰，登上莎娜芭伽峰顶。她喜欢这座山的名字，孩童时，她总会在晚上临睡前重复其名。在那里，她唾了三口,将火灰撒在风中。

四月的一天,她的父母很不耐烦,因为要为牲畜挤奶,可她却不在。他们唤她,她却不回答。他们强行破门,进入她的房间。

起初,人们认为是发生了意外,开始观察小嘴乌鸦。的确有一次,乌鸦在盘旋,但那只是一只羚羊的尸体。人们寻遍高山田野,激流河床,山谷沟壑,却一无所获,甚至都没有在枝头找到一块破布或者一缕头发。于是,人们推测她逃跑了。她什么也没留下。

除了几捆柴堆。在很长一段时间内,人们总是在路边发现几堆柴捆。

埃马纽埃尔·巴尔托洛梅[①]

　　较之这世界的枯燥沉闷,音乐与诗句,心灵的几何,猫和鼠的小演讲,在他掌中游走的苍蝇、蜘蛛,偶尔瞥见的陌生野兽短促的寒颤,都让他更为感兴趣。孩童时,他想象不到除了马匹,树叶的沙沙响动,漆皮鞋下砾石的声音之外,还有其他事物可以喜欢。他的父亲,他只是远远地见过,是个科西嘉人,长长的眉眼,自称是成吉思汗子孙的遥远后代。每年有十个月,他都带着一本用红色皮革串着的地图册离去,航行在右侧纸张的那片海域上,开向那些名字全是元音的岛屿。他想象着那里禁止的爱情、神秘拥挤的人群、烟火、水晶、红色的舌头、刺耳的语言。独自一人埋葬在这疯狂的窟窿里,经常以为看到了一个笑容,一个向他招手的示意,没人能够猜测到。随后,一切都停止了。

---

　　① 克里斯蒂安·加尔桑的外公,在《我长大了》(*J'ai grandi*,Gallimard,« L'Un et l'Autre»,2005)一书中也被提及。

她的母亲个子矮小，顽固不化，极其富有。孀居助长了她颐指气使的脾气。她抓住儿子，用彩带、花边将他打扮得滑稽可笑，给他戴个铁圈，还命令他对马夫、侍女、厨娘都要以您相称，甚至包括园丁巴斯勒，他身上可以闻到大蒜、葡萄和绿色渠水的香味。她将他带出学校，放在一个一望无垠的酒庄里，他只认识那些小径，因为天生小心翼翼，因为恐惧遭受苦涩的谴责，只要衣服被划破或弄脏，他就会被领到庄园边。为了逃避，他只剩下地图册、雨果、肖邦和儒勒·凡尔纳。

他很早就开始了创作：哲理赞歌式的诗句，身陷酷暑难耐的马来西亚热带丛林或者危机四伏的中国商行的冒险故事，灵感来源于人们给他读的一些童话的短小故事。他结婚了，笔耕不辍，不停地创作一些钢琴间奏曲，他传承了父亲哼给他听的殖民地歌曲。

他和年轻的妻子搬到了埃罗河畔一所漂亮的房子里。母亲陪着他们，睡在后院的一个房间。每天晚上他都不得不延续一个已然心照不宣的仪式，甚至还得邀请妻子，而她也不愿冒犯这个傲慢冷漠的老寡妇。他必须带着妻子关进小房间，谈点儿话，然后亲吻她的额头，而她则闭上眼睛默念一段祷告。

他妻子出身良好，在朴实且充满迷信的天主教信仰中长大。因为本性善良，并未在其宗教信仰中被周围过分虔诚之人的虚伪所影响，也没有沾染某些修女们的恶意，只学会了耶稣的教育、他人之爱及彼此互爱之责。她不懂世间的一切。如果她想要生育的欲望不是如此强烈，她本想成为修女，嫁于唯一值得人们为其献身之人。她的丈夫，只有成为一个神或者一个孩子，才能让她真正地爱他。因为他是一个人，于是成为了她的孩子。她为他生育了四个女儿，其中一个夭折了。

他母亲也正是在那年去世的。两年前她在一个地区银行里给他找了个很有权势的职位，作为交换条件，她将全部财产都存入了那里。他母亲死后三个月，即他的孩子夭折后的六个月，银行倒闭了。他失去了工作，一无所有，成为了孤儿，一个小尸体的父亲。他觉得失去了理智。于是，某种东西在他身上流逝，他一点点失去它。

他决定不再离开他的小世界：他的妻子，他的三个女儿,音乐和优美的文本。人们为他找到了工作,他却拒绝了。他长时间地保持沉默,只用肢体来解释,时而还很猥琐,觉得言语解释糟糕。一天,他认定路上碰到的任何人都曾是或者有可能是妻子的情人。他粗暴地斥责妻子,说她吸引了徘徊在屋子周围寻找刺激的雄性。他迫使她必须低着头走路。在家中,他渴望妻子给予他严格的天主教道德戒律许可范围外的东西。她拒绝了,他尖叫。他的叫声时而还会惊吓到孩子们,但她们知道没什么可怕——不管是他们还是其他任何人,因为他是不会伤人的。

战争爆发。他毫不在意。在他看来,这是人类疯狂的必然结果,不会影响到他自己的生活。在街上,他时而咒骂路人,通常是德国兵。他的妻子只得含笑道歉,忍着羞愧承认自己是一个疯子的配偶和看护人。他对她的爱贞洁无瑕,但首先是宽厚的。家中某些亲人建议她抛下那个已经成了疯子的配偶,还可依赖这种远离获取一切经济援助,面对这些劝说,她流露出厌烦的神情。他们生活在极度贫穷之中,近乎悲惨,仅凭着她在宗教学校任教领得的微薄薪水度日。

他时而思念他的父亲及其官员式的微笑，他那咿呀学语刚开始喊爸爸的小女儿，还有他那老母亲，像李子仁一样的干枯，折磨人，自私，不可抗拒，如此深爱又如此被爱。他自语道，所有这些人，他总有一天会找回，与他们分离的时光只不过是天使和诸神幸福永生里的一滴水。于是，他微笑着，像通常那样，一种没有明显目的的微笑，就像是乔尔乔内①的一幅素描画。

光阴荏苒。他一直在创作，写着满页的诗和交叠的词，甚至整页整页地抄写百科全书，创造些谜一样复杂的语言，说那是想象中的部落人之语。

外面的世界变得稍微理智些之后，他自己的世界也经历了蜕变。如同所有离群索居之人，他一点点地退向自己的内心。世界于他就像是泄了气的气球：一直仅限于他的妻子，孩子，扶手椅，香烟，收音机，泡入咖啡里的糖块，周日下午的散步，低音 do 调音和拉鲁斯词典的定义，但是再没有任何不可控出现在身上。一切终于回归安宁。街上的行人变成了不知名的微笑路人。情人们从

---

① 乔尔乔内（Giorgione，约 1477—1510），文艺复兴时期的威尼斯画家。

这个城市和他的记忆里消失了。他妻子的教友是些和蔼可亲的女士们，戴着礼帽，谈吐从容，却面露惊恐，看上去有些忧郁，时而还很严肃。

日复一日，听着船靠岸的声音，厨房阳台下鱼商的叫卖，孩子们嬉戏，用餐，祷告。年复一年亦是如此，直到女儿们长大成人各自离去。然后，不得不面对两个人的时光，也许可以相互多看一眼，多花些时间在钢琴上，或者在饭厅的桌子上埋头于庞大的词典。女儿们来家里度假，开始时独自回来，后来带着她们的未婚夫，再后来是丈夫，还有她们的孩子。那已是本世纪的六十年代了。

一天，他意识到自己已经老了，生了四个女儿，其中一个成为了他永远的小宝宝，六个儿孙，又各自成家生儿育女。作为一个香火尚在的庞大家族之父，他觉得自己很伟大，很威严。有时候，他坐在红皮扶手椅中，悄悄地注视着这些孩子，就像是他的延续，他叩问自己会给这些孩子留下怎样的记忆。然后，他估摸，自己最终打造的内在形象将会是他留给其他人的最后印记：一个平静、沉默的男人形象，较之活跃于世界舞台，他有更急切之事，他关注其他的音乐、所有戏剧创造的语言、将他带到别处的无形身影，无疑是很远的地方，但是绝不会有人知晓。

戈塞尔姆·费迪

这是当然，他比世界上任何人都唱得难听。可是他的曲调优美，韵律灵巧。他个子高大，发色金黄，脸颊圆胖，面色红润，大腹便便。他的眼神时而活泼，双手敏捷。据说他成为游吟诗人迫于无奈，并非出于志趣，因为他在赌博中输光了全部财产，而他又懂得作曲。四处的人都喜欢他的陪伴：他善饮，能吃，会毫不犹豫地将钱财分给比他更穷的人。

他喜欢皮肤白皙、丰乳肥臀的胖女子。他的女人名叫吉勒玛·梦佳：此女曾经从妓，是他某天晚上在阿莱斯窑子里找到的，随后带了她一起上路。她几乎比他还壮，而且还特爱吃。据说她很博学。有人说她读过维吉尔[①]和贺拉斯[②]；说她能默写荷马所有的诗句；说她有点儿像

---

① 维吉尔（Virgile，约前70—前19），拉丁诗人，《埃涅阿斯纪》（*Énéide*）和《格奥尔基人》（*Les Géorgiques*）的作者。

② 贺拉斯（Horace，前65—前8），拉丁诗人，《颂诗集》（*Les Odes*）和《诗艺》（*Ars poetica*）的作者。

巫婆；说除了拉丁语和希腊语，她还会说希伯来语、庇卡底语、意大利语、阿拉伯语，以及一种啥也不像的奇怪语言，是她在他们的一次东方之旅中与他一起学的。

当他歌唱时，她假装受了惊吓，四处奔跑躲藏，如同恐惧上帝的怒火般。他总是愉快地看着她的如此举动，如同一只肥壮的雌火鸡在一个羽毛舞会上躲藏，搅动了周遭的全部空气。

据说他吃过很多苦头。曾漂洋过海，翻山越岭。曾去过非洲海岸，见过西班牙的清真寺，到过欧洲腹地寒冷的平原国家，感受过荷兰潮湿的雾气，看过意大利南部烈日炎炎下的田野。曾遇见过伊斯兰的达官贵人和波斯的宇航员，还穿越了一望无际的沙漠，那里的人们一年中有一半时间都不得不生活在石屋内。曾见过独角兽和海怪、独眼巨人、狮鹫①以及吞食风车的巨人。

所有这些，他从来都只字不提。但有时候他看上去是那样的倦怠。对如此多迎面而来的逃逸感到疲惫不堪。有时候，他的目光游离、迷失。如果有人没打招呼就

---

① 神话动物，长着狮子的身体，鹰的头和翅膀。

进来了，他回过神来微笑着——可能带着点儿迫不及待，就像是被什么猛烈地击打了一下。

他经常与死亡擦肩。他唱道：

> 海洋，无边深邃
>
> 港口，恼人心累
>
> 帆具，岌岌可危
>
> 多亏上帝搭救我
>
> 方得以再次陈说
>
> 绝不只是场倒霉
>
> 我在那受苦受罪
>
> 远远不止是心碎

他说这是一首他在东征归来之时创作的歌曲。后来，他熟识路径，却再也不出海了。

他喜欢种着橄榄树的田野，清泉与溪流。他说如今果园是这个世上他唯一想要度过余生的地方，看着树叶生长，果实慢慢成熟，倾听鸟儿吱吱喳喳。

人们不清楚蒙费哈的博尼法斯侯爵是如何知道他的歌曲的,总之就是很喜欢其诗作,并邀请他成为了座上宾。他赐予他土地、服饰,以此作为交换,留下他和吉勒玛,为他写歌,并尝试着尽量唱到最好。这一切都让他猝不及防。他已经习惯了别人的拒绝与蔑视。二十年来,他流浪于世,因为没人愿意收留他。而在这里,他被疼惜和爱怜,因为他是极好的伴侣,他的妻子也是,至于过去,他从未在他面前提起过。

他长久地处于痛苦中,成为匆忙的奴隶,忙碌是那些无法把握当下之人的折磨。他们只知道悔恨过去或者恐惧未来。也许,正是因此他才有贪吃的习惯,就像是必须忘却、完成、抹杀,以便人们不再谈论。同样,他偶尔结巴,会吞掉一些字词。同样,他经常会出现不连贯的举止,就像是他的肢体不再从属于他。尽管他体态丰盈,但并非毫无魅力。因为他是一天天逐渐胖起来的,周围的姑娘已经不再用寻常的目光来看他。他的魅力尤其凸显在温柔的眼神、高雅的言辞上,那时而闭目微笑的癖好,就像是他心中有一股无法揣测的快乐之源,成为了其避难所。

1192 年 3 月 16 号,他哭了。吉勒玛在厨房里,给一个受到惊吓的女仆讲述着狼人和带爪怪物的故事,手舞足蹈,做出吓人的鬼脸。此时,他正独自待在接待大厅的窗边,哼着一首只有自己能听到的曲调。他得为它写词,做韵,然后,还得用竖琴伴奏,唱给侯爵听。

侯爵一定会喜欢。他会假装忽视他粗俗的歌唱,只注意其优美的韵律、丰富的曲调。也许,还会注意到他在努力唱高音时,扭曲的脸上露出痛苦神情,像极了一个哭泣的小孩童。他歌唱着,就是一个小孩儿在啼哭。

Dossier

RICHARD BLIN

资料

里夏尔·布兰

狂野的女性或不可驯化者：卡桑德拉、狼修女阿涅丝和艾梅丽·斯旺

这些人物——卡桑德拉、狼修女阿涅丝和艾梅丽·斯旺——既有强大的宽容本性，又颇具叛逆心，有的天真无辜或受到神灵启示，有的恐惧或被抛弃，有的美丽，有的丑陋，她们的内心深处有何种东西威胁并扰乱了一切界限？

《卡桑德拉》

1. 一个凶险且往往充满敌意的世界

（1）中世纪的人们经常面临哪些危险和恐惧？

（2）作者想描述一种被神秘力量困扰的神秘自然。请您寻找线索。

（3）如果森林——汇聚所有危险和魔法的地方——是狼的王国，那么人类的世界就是其他"狼"的世界，往往危险得多。您能举几个例子吗？（它们几乎存在于每一篇小传中。）

2. 女巫还是偏见的受害者？

（1）古代的卡桑德拉是谁？

（2）您现在明白为什么这篇小传的女主角叫卡桑德拉了吗？

（3）卡桑德拉在哪些方面与女巫的典型形象相对应？

（4）什么因素使她更容易被误解，成为偏见的受害者？

3. 黑衣女人与黑衣男子

（1）您如何定义"卡桑德拉"中两种对立的文化？

（2）您认为这些文化更像是敌对还是互补？请证明您的答案。

（3）请找出宗教和迷信之间的共同点。

（4）敢来探望卡桑德拉的孩子要从她那里寻找什么？

（5）当卡桑德拉去世时，除了一个小匣子之外，什么也没找到。匣子里的物件中，有一面不透光的镜子。这个表述如何概括卡桑德拉的一生？

《狼修女阿涅丝》

1. 天使与野兽之间

（1）关于狼修女阿涅丝与卡桑德拉的关系，我们可以从中发现什么?

(2) 您是否知道被遗弃的孩子在母狼的照顾下奇迹般地活下来的故事?

(3) 哪些奇特的细节会让人联想到其他这类故事?

(4) 请注意所有这些展示愚昧的迹象,这本应是野兽的天性,但却尤其凸显在人性上。

2. 野性美

(1) 请在阿涅丝的行为中找出所有与心灵有关而非与理性相关,与天赋有关而非与算计相关,与强烈的生存欲有关而非与反思相关的东西。

(2) 您理解她在村民中引起的舆情吗?

(3) 您如何解释在男性的想象中,女人和魔鬼之间经常假定的共谋?

(4) 阿涅丝不会让任何人——无论是法律,还是专断的力量——来控制她或支配她的冲动、她的爱、她的热情。您如何看待这种态度?

《艾梅丽·斯旺》

1. 重现远古

(1) 波德莱尔在《感应》(《恶之花》,1857 年)中说,自然是"一座神殿/那里有活的柱子不时发出令人困惑的话语";它"像黑夜又像光明一样茫无边际";在它里面,"芳香、色彩、声音全都在互相感应"。请证明这正是艾梅丽·斯旺所钟爱的。

（2）哪句话可以概括这种与自然共融的状态？

（3）它基于什么对立面？

（4）请找出艾梅丽·斯旺所证明的最真实的世界不一定是最明显的世界。

（5）"她怀疑一切都没那么简单,她是复杂多变的。在前世,她本是貂鼠,是羚羊,或者春雪,或者一位拥抱狼群的小女孩。"这种形式的纯真,这种对无声拥抱的渴望,以何种方式接近构成梦想、爱情和诗歌的本质？

（6）这个"有气味、声音、无形的呼吸和风情的爱抚",有时仍然在召唤我们,但我们再也无法进入的世界,是否在诱惑您？它吸引您吗？为什么？

2. 感性的肉体

（1）您会把艾梅丽·斯旺的小天堂等同于"现实生活"吗？

（2）请试着解释神的嫉妒和报复。

（3）这篇小传让您想起圣经中的什么情节？

（4）艾梅丽·斯旺是被诅咒还是被蛊惑了？您的解释是什么？

3. 狂野的女性

（1）在这篇与大自然的伟大之歌和谐一致的小传中，是什么唤起了对生命、死亡和重生奥秘的启蒙？

（2）像狼修女阿涅丝一样，艾梅丽·斯旺消失得无影无踪：在您看来，（以神奇来解释）是因为她们是仙女吗？（以怪异来解释）因为她们找到了通往另一个世界的方法吗？还有其他可能的解释吗？

（3）狼修女阿涅丝或艾梅丽·斯旺修女，您觉得自己最接近哪一个？请试着说出原因。

您知道吗？

在希腊，狼被奉献给阿波罗——善良和美丽的发光之神。

基督教传统认为狼是魔鬼的代表，因为它是羔羊的最大掠食者，而羔羊是基督的形象之一。

控制狼群并让它们屈从就是巫术。在乡野，人们相信存在"狼首领"和"狼人"，这些人一到夜里就会化身为狼四处游荡。

白衣女士

《艾米莉·狄金森》

艾米莉·狄金森的一生是神秘的,由微小的事件构成,仅限于新英格兰一个清教徒小团体的社交圈。

1. 怪异的生活

(1) "一袭白衣,未离居所":这个卷首语宣告了一种僧侣般的生活。请在文本的其余部分找出佐证。

(2) 艾米莉·狄金森的一生充满了神秘感。请找出例证。

(3) 请展示她的生活如何既融入寻常时光的平淡,又与自然和谐共处。

2. 丰富而复杂的个性

(1) 艾米莉·狄金森有一个"炽热"(ardente)的灵魂。请探究这个词的词源,推断出艾米莉的象征性色彩,并在文本中查找此色调,看着它都是在哪些情况下出现的。

（2）面对生命，艾米莉·狄金森拥有一种罕见而神奇的能力，以及一个对永恒与消失、死亡与重生之间的对话特别敏感的灵魂。请从艾米莉的选择和喜好中找出证据来证明这一点。

（3）她还有一个崇高的灵魂，正如她在第二段末尾所定义的那样，她与诗歌的关系证明了这一点。您如何看待这种知晓自己是否有诗歌天赋的方式？

（4）艾米莉·狄金森在一封信中写道，时间越久，她就越对花朵心存敬意，"这些无声的生物，它们的不确定性和承载力可能远超出我自己的能力"①。我们可以从中推断出与其深刻的敏感性和写作相关的东西吗？

3. 被沙漠包围的岛屿

（1）请解释为什么这个形象——一个被沙漠包围的岛屿——能较好地概括艾米莉·狄金森的一生。

（2）艾米莉·狄金森是一个热爱绝对的人，对她而言，大地和天空——具体和抽象——相互渗透。我们怎

---

① 引自给她表妹诺克罗斯姐妹的一封信，见《戴菊莺的自画像》(*Autoportrait au roitelet*, *correspondance*, Hatier, 1990)。

么看？

（3）艾米莉·狄金森可以不写作吗？为什么？

（4）她害怕死亡吗？为什么？

（5）您是否同意"艾米莉·狄金森一生都在耕种她的花园"这句话（字面义和引申义）？

（6）艾米莉·狄金森写道："天才是热爱的白炽化，而非人们普遍认为的智慧，是崇高的奉献。"①您如何看待这个定义？请将其扩展为简短的议论文。

您知道吗？

艾米莉·狄金森在世时只发表了十几首诗。她把自己的诗装订成册，每组二十首。

关于她，现在已知的有一千七百八十九首诗和一千零五十一封信。

1856 年 10 月，她制作的面包，在阿默斯特农业博览会上获得了二等奖。

直到十五岁，她才知道如何分辨时钟上的时间。她

---

① 克奇奇安（P. Kéchichian）在《读书界》（*Monde des livres*，1990 年 11 月 9 日)专门介绍艾米莉·狄金森的一篇文章中引述。

说："我父亲以为他教过我，但我看不懂，又不敢说出来，也不敢问别人，以免他们发现。"①

她形容自己"像戴菊莺一样小"，她的头发"像栗树的果实一样叛逆"。

在家里，她会大声朗诵报纸。

莎士比亚是她最喜欢的作家，也是她的主要灵感来源。她说："只要他活着，文学就没有风险。"②

在她的一首诗中，她将诗人定义为一种"存在/从普通符号中/提取令人惊讶的意义"③。

延伸阅读：阅读本书中拉撒路的生平。

———————

① *Autoportrait au roitelet*, *correspondance*, *op. cit.*, 第 91 页。

② Emily Dickinson, *Choix de poèmes*, trad. Félix Ansermoz-Dubois, Continent, 1945, 第 32 页。

③ Emily Dickinson, *Poèmes*, trad. Claire Malroux, Belin, 1990, 第 119 页。

游吟诗人

吉勒姆·德·卡贝斯当和戈塞尔姆·费迪是"游吟诗人",因为他们能找到单词和韵律,也是"杂耍者",因为他们玩弄节奏和共鸣效果以及字母和奥秘。

这些小传都是关于歌曲和爱情,女士和死亡的。

《吉勒姆·德·卡贝斯当》

1. 水与火

(1) 营造氛围的艺术:吉勒姆·德·卡贝斯当的小传的第一段让读者产生何种印象?

(2) 水和火这两个元素如何象征着吉勒姆和苏尔梦德的爱情?

(3) 请展示爱情作为"梦想对现实生活的倾泻"(Nerval, *Aurélia*, 1855)如何为吉勒姆的世界观增添色彩和指引方向。

(4) 您会认为苏尔梦德是美的源泉吗?

2. 完美爱情与爱情创伤

(1) "爱情打开了他的心扉,让其分离";"爱是一把斧头,将他的身体劈成两半。爱是十字架"。这些供述构建了怎样的爱情观?

(2) 您是否理解这种爱情观,又是否认同它?(见下文,阿拉贡的诗《没有幸福的爱情》)。

3. 嫉妒和恐怖的烹饪

(1) 请指出"献心"场景的悲哀所基于的对比。

(2) 吃心的传说见于《库奇堡主和法耶尔夫人的故事》(*Le Roman du chatelain de Couci et de la dame de Fayel*)①,以及《伊格诺尔的小诗》(*Le Lai d'Ignaure*)②和《十日谈》(*Décaméron*)③中的一些故事。这种行为使爱人的肠胃成为情人的活坟墓,它是这颗心的幸和不幸的典范,这颗心已成为俗世之爱和神圣之爱的象征。圣

---

① 在十三世纪杰克梅斯(Jakemès)的这部小说中,丈夫并没有杀害情人,而是情人自己在死前决定把心送给他的夫人。丈夫只是截获包裹并用它喂食自己的妻子。

② 在十三世纪雷诺・德・博热(Renaut de Beaujeu)的这首叙事诗中,伊格诺尔骑士的十二位情人被她们十二位受骗的丈夫安排了一场盛宴,宴会上她们吃着他们所爱的男人的心脏和性器官。

③ 《十日谈》是薄伽丘(John Boccaccio, 1313—1375)的代表作,这部作品收集了七女三男在十天内讲述的一百个短篇故事。

心的教义证明了这一点。请找出后者是什么。

（3）什么叫圣餐的奥秘？

（4）它们与历史能产生什么联系？

（5）像"献出他的心""敞开心扉""撕心裂肺"或"把心捧在手上"去找某人这样的表达现在对您来说意味着什么？

延伸阅读：请阅读《井原西鹤》的小传。

《戈塞尔姆·费迪》

1. 分歧和分化

（1）请注意戈塞尔姆和吉勒玛与吉勒姆和苏尔梦德的区别。

（2）戈塞尔姆以何种方式给人一个缺席当下、死于欢愉的形象①？

2. 忧郁的流浪者

（1）戈塞尔姆·费迪被描述为一位伟大的旅行者，

---

① 奥克语的"爱之欢愉"（joy d'amor）是指一种从女士身上散发出来的力量，它向情人传递了一种奇妙的光晕，一种从他身上散发出来的光芒四射的美德。

他对"所有这些……从来都只字不提"。我们可以提出什么假设来解释这种沉默?

(2) 他为什么要经年累月地拿生命去冒险?

(3) 据此推断,在"曲调优美"和"韵律灵巧"的背后隐藏着什么?

(4) 会不会是怀念曾经错过了奇迹,曾与改变自己命运的小事失之交臂?

(5) 这与"Faidit"(意为"流亡")的含义有什么关联?

延伸阅读:阅读阿拉贡的诗歌《没有幸福的爱情》(*La Diane française*,1944)。然后给出您的爱情观。

《没有幸福的爱情》

对人类而言,没有什么理所当然

无论力量,软肋,还是他的心灵

以为张开双臂,影子却似十字架

以为抓牢幸福,转眼却又被粉碎

生命就是一场奇怪而痛苦的离异

没有幸福的爱情

生活好似那些手无寸铁的士兵
整顿装束却是为了另一种命运
清晨起来对他们而言有何用处
晚上依旧是无所事事前途未卜
请忍住眼泪并说出"我的生活"
没有幸福的爱情

我美好的爱,珍贵的爱,我的心碎
我将揽你入怀犹如一只受伤的鸟儿
而那些毫不知情的人看着我们走过
跟在我身后重复着我所编织的言语
而他们为了你的大眼睛全都会死去
没有幸福的爱情

当你学会生活时却为时已晚矣
让我们的心在黑夜中齐声哭泣
每首微渺的曲调必定暗藏不幸
为了偿付一次颤抖必定有悔恨
一曲吉他调中必定有呜咽之鸣
没有幸福的爱情

没有不肝肠寸断的爱

没有不伤痕累累的爱

没有不凋零枯萎的爱

但比不过祖国的热爱

没有不哭泣落泪的爱

没有幸福的爱情

但这是我俩的爱

Aragon，*La Diane française*，© Seghers，1944.

生存还是死亡

《莎士比亚》

一生致力于梦想和写作,并具有非凡的敏感性和创造力。

1. 神秘的天才

(1) 读完莎士比亚的生平后,请在文中找到能得知其出生年份的一句话。

(2) 您知道莎士比亚的作品吗?您是否阅读或研究过他的作品?

(3) 在归因于其性格的不同方面中,您觉得哪个最令人感到困惑?

(4) 有人怀疑莎士比亚本人没有写过任何东西,只是一个冒名顶替者,原因是什么?

(5) 您如何解释围绕杰出人物创作传说的必要性?

(6) 一个人的生平应该像他的作品一样吗?请用一

个段落对您的观点展开充分的论证。

2."生存还是死亡?"

(1)"To be or not to be"这句名言对您来说意味着什么?

(2)您明白作者为什么谈论"鬼魂"吗?

(3)寻找作者表明立场并想向我们展示莎士比亚不是鬼魂的段落。

(4)这篇小传的第三段中的"人们"指的是谁?

(5)"夜色浓黑,一个身影在穿行。曼妙,寂静。"您如何解释这句话?它给了我们什么猜测?

(6)"戏剧"(théâtre)这个词的词源是什么?

(7)莎士比亚的戏剧充满了声音和愤怒,证明了他对超自然和奇妙事物的品味。我们能在这篇小传里找到这方面的痕迹和线索吗?有哪些?

(8)这篇小传中有几处典型的戏剧场景。请找出它们。

延伸阅读:这是本·琼森的生平简介,正如约翰·奥布里(John Aubrey)的《名人小传》中所描述的那样。

本·琼森

本杰明(又名本)·琼森(1572—1637)。英国戏剧诗人。他几乎没有受过什么教育，在泥瓦匠那里当过学徒。大约在 1597 年，他以演员和作家的身份来到剧院。1598 年，他被指控谋杀剧作家加布里埃尔·斯宾塞（Gabriel Spencer）。他为詹姆士一世的宫廷创作了芭蕾舞剧和舞台辩论。他领导了美人鱼俱乐部。作为莎士比亚的竞争对手，他对同时代人的影响很大。

Vies brèves，trad. Jean-Baptiste Seynes，
Obsidiane，1989

您知道吗？

在《罗密欧与朱丽叶》中，莎士比亚引用了一百零八种植物。

十八岁时，他娶了比他大八岁的安妮·海瑟薇（Anne Hathaway），这可谓极致的讽刺——她和当时绝大多数英国女性一样，被认为是文盲。

他创作了一千六百多首十四行诗。

他生于 4 月 23 日（1564 年），也死于 4 月 23 日（1616 年）。

和英国一样，法国也存在类似争议，据说莫里哀戏剧

的很大一部分是出自高乃依（Corneille）之手……高乃依和莫里哀确实合作过一部戏剧《普赛克》（*Psyché*，1671），这一事实加剧了这种怀疑。

当人把人视为狼时

《阿格里帕·德奥比涅》

对宗教战争充满恐惧和对新教事业无限忠诚的一生。

1. 铁血男儿和偏执诗人

（1）您对阿格里帕·德奥比涅了解多少？

（2）克里斯蒂安·加尔桑以倒叙手法开始，先写现状和结局。这种写作方式会产生什么印象和效果？

（3）阿格里帕·德奥比涅似乎过着孤独的晚年生活。请找出能揭示这一点的词句。

（4）对他来说，世界和人分为两个阵营。这是对立的统治。请在阿格里帕·德奥比涅的生平中找出与此相关的词句，并以表格的形式予以呈现。

（5）阿格里帕·德奥比涅以铁血男儿的身份出现。请寻找所有似乎滚动并回荡着力量和英雄主义的刺耳的

[r]音词。

2. 被丧葬阴霾萦绕的一生

（1）请列出所有将阿格里帕·德奥比涅的生命置于死亡迹象之下的事实。

（2）这篇小传围绕着一个令人无法摆脱的念头。作者通过什么对比突出了 1572 年 8 月 24 日这个血腥日子的恐怖？

（3）阿格里帕·德奥比涅必须偿还的这笔债是什么？他是如何偿还的？

（4）《悲剧集》在哪些方面既是一个记忆之地，又是一个关于善恶之争的党派概念？

（5）在《致读者》的序言中，德奥比涅写道："我们厌倦了那些教导我们的书，请给我们一些感动我们的书。"①您是否被克里斯蒂安·加尔桑对《悲剧集》的描述所感动？请试着思考这种情绪的本质。这种情绪的实质总是良师益友吗？

3. 一个满是迫害者和受害者的世界

（1）"时间是位啰嗦的老人，是个圈，无休止地带来

_____

① 古典写作的三原则：感动（*movere*）、教导（*docere*）和愉悦（*delectare*）。

同样的心碎裂痕,同样的仇恨呐喊。"时间指向何种最初的撕裂?它在最后一段中以什么形式出现?

(2) 在这篇小传中找出能体现有效性完全取决于简洁力的表达。它们给读者留下了什么印象?

(3) 而今呢?时代和人真的变了吗?难道还有人认为宗教真理只能是独一无二的,必须用武器来捍卫吗?

延伸阅读:阅读圣巴塞洛缪的奇迹创造者皮埃尔·德芙乐的生平,以及杜马斯的生平。

您知道吗?

阿格里帕·德奥比涅的出生使他的母亲失去了生命,他的名字源自拉丁语:*aegre partus*,意为"难产"。

在《悲剧集》中,我们发现了法国诗歌中最美丽的诗句之一:"一朵秋天的玫瑰胜过另一朵精致的玫瑰。"有人可能会认为这是龙沙的一首诗,但它是阿格里帕·德奥比涅为颂扬宗教改革①的最后一位殉道者而写的。

———————

① 路德和加尔文推动的基督教信仰和实践的复兴,导致了16世纪新教的诞生。

两个微渺的人物

克里斯蒂安·加尔桑通过两个寂寂无名的人物——肠子、西小怜——的小传,邀请我们反思锁定个人命运的决定论。

《肠子》

1. 黑暗深处

(1) 请找出所有显示这对母子——两个注定将死之人——奇怪之处的线索。

(2) 肠子和她的母亲是两个被——村庄、语言、爱——"隔离"的人。如果不是在内心的黑暗中探索生命隐匿的一面,儿子还能在哪里寻找一点美? 这里违反了什么禁令?

(3) 请找出属于解剖、损伤和解剖学领域的所有术语。请说明恐怖与脏器之美不相上下[①]。

---

① 参见安德烈亚斯·维萨里(Andreas Vesalius, 1515—1564)的壮丽而可怕的"剥皮",即西方医学中第一本伟大的解剖学插图书《人体构造》(*De humani corporis fabrica*)。

（4）在您看来，肠子是一个危险的疯子还是一个受阻的解剖学家？请证明您的答案。

（5）视觉欲望和求知欲望在哪些方面往往是不可分割的？

（6）您知道还有什么其他知识是以某种残酷为代价而获得的吗？

（7）克里斯蒂安·加尔桑在《本韦努托的蝎子》①中写道："生命是埋在灌木丛中的小动物的尸体。"请重读肠子生平的第二段，并找出这个角色的怪癖和作家的创作之间可以建立何种联系。

2. 残酷剧场和炮灰

（1）"现在我知道人是个什么样子了。"这种观察在哪些方面体现出一语双关？

（2）如何定位杀戮的疯狂和赤裸的暴行？

（3）这种反思以什么方式含蓄地表达了战争在何种程度上使人沦为野兽？

（4）身体是一袋器官，一边是"肉"，一边是心灵和思想，二者可以相互独立地思考吗？

---

① *Le Scorpion de Benvenuto*, L'Escampette éditions, 2007.

《西小怜》

1. 可怜的身体

（1）西小怜是一个一出生就遭到驱逐的人。自他降生于世的那一秒开始，就被社区所遗弃，是一个任由泥泞和肮脏践踏的无辜之人。请找出这篇文本中唤起或象征卑微、遗弃、爬行、卑鄙的所有词汇。

（2）您如何佐证文中时态的交替使用和使用现在时的合理性。

2. 一个对世界和自己都陌生的人物

（1）西小怜是一个生活在我们的智力、道德、审美范畴之下或之外的人，他不为自己辩护，他服从自己的本能。请举例说明，这个人是如何被部分地动物化和部分物化的。

（2）他也是一个独立的人，体现了存在的痛苦。一个被世间暴力和人类残酷所蹂躏的简单之人。您认为文学的重要作用之一就是唤起这种陷入绝境的悲惨，揭露难以忍受的真相吗？

您知道吗?

帕斯卡(Pascal, 1623—1662)在他的《沉思录》中谈到人类时说:"人是何种嵌生体? 何种新奇物,何方怪物,何种混沌,何种矛盾体,何方神人? 万物的审判者,低能的蠕虫,真理的宝库,不确定性和错误的污水池,宇宙的荣耀和渣滓。"

诉诸笔端

一种典范人生

如果您可以选择一种人生作为思考、发现或训练自己的典范，那会是什么？请对您的选择展开论证。

由您来书写人生

在这个系列中，首先要确定写作方法，它使我们能够表达不确定性并保留造成每一个生命跌宕起伏的不可决定的部分。

然后请找出强调重建虚构的努力、犹豫或反映他者举止的方法，并找出条件式下的白日梦时刻。

最后，从一个以某种方式触动您的人物中汲取灵感，无论是真实的还是虚构的，或者从一张照片中汲取灵感，请以克里斯蒂安·加尔桑的方式撰写他的生平。

表达工作坊

在《艾梅丽·斯旺》一篇中，我们可以读到"美得像刚出炉的面包，或者可爱的鼬鼠"。

以上述摘录为借鉴，尝试以洛特雷阿蒙（Lautréamont）的"美得像"的句式创作一首诗。

在洛特雷阿蒙（1846—1870）的《马尔多罗之歌》（*Chants de Maldoror*，1869）的《第六支歌》中，就有最著名的"美得像"。例如，梅尔文（Mervyn）描述如下：

[梅尔文]

他美得像猛禽爪子的收缩，还像后颈部软组织伤口中隐隐约约的肌肉运动，更像那总是由被捉的动物重新张开、可以独自不停地夹住啮齿动物，甚至藏在麦秸里也能运转的永恒捕鼠器，尤其像一台缝纫机和一把雨伞在解剖台上相遇！

谜语游戏

在这些句子中，您能认出《被偷走的生命》中的人物吗?

(1) 他知道人是个什么样子了。

(2) 他曾说过,生命会一直在痛苦与无聊之间摇摆。

(3) 他曾说过,人们不会书写,如果没有什么去约束我们,去不停地渴望属于他的那份债。

(4) 他总是穿着一件白麻长袍,而衣衫之下赤身裸体。

(5) 他喜欢潮湿缓慢的夜晚,卢瓦河区的某些葡萄酒里有点儿浓郁的味道,对无声的悲痛心怀仁爱。

(6) 她的诗歌里昆虫振翅,风儿沙沙,鸟儿成群,墓碑林立,玫瑰遍地。

(7) 对她来说,死亡是一只折了腿的苍蝇,藏身于大树荫中。

(8) 她们俩都喜欢狐狸。

(9) 他无视某些语法规则,注重强烈的表达方式,甚过追求形式上的完美。

(10) 据说他曾见过独角兽和海怪、独眼巨人、狮鹫以及吞食风车的巨人。

主题共鸣（1号文本组）

1. 关于狼

克拉利莎·品卡罗·埃斯蒂斯,《与狼共奔的女人》(1996)

克拉利莎·品卡罗·埃斯蒂斯(Clarissa Pinkola Estès)是人种学和临床心理学博士,也是中美洲和东欧两条治愈叙事传统的继承者。她认为神话和童话是不断更新的远古信息的储存器,仿佛融入了过去一代代人的血肉中,并指导着生活在这个时代的我们。在《与狼共奔的女人》中,她见证了知识与智慧、抽象与诗歌、幽默与慷慨的惊人炼金术。她追踪了野性女人的千姿百态,即本能的女人天性,从而窥得生、死和重生的奥秘,以及内心生活的自然节奏。在其前言中,她写道:"我们都感到一种热切的渴望,一种对野性的怀念。在我们的自然环境中,几乎没有解药来治愈这种燃烧的渴望。我们被教导要为此感到羞耻。我们任由长发及腰,用它来隐藏自己的感情,但野性女人的影子总是在我们的身后日夜相随。不可否认,无论我们身在何处,它都在身后如影相随、匍匐而行。"在其作品的简介中,克拉利莎·品卡罗·埃斯蒂斯为她的书名辩护,解释了女人和狼之间的相似之处——克里斯蒂安·加尔桑的几篇小传也建构了这种联系:

这本书的书名来自我对动物生物学,尤其是狼的研究。我们对灰狼和红狼的了解与女性的历史有相似之处,无论是在热情还是辛劳方面。

健康的狼和健康的女人具有某些共同的心理特征:灵敏的感官、清醒的头脑和极端的奉献精神。她们天生就善攻社会关系,表现出力量、耐力和好奇心。她们有敏锐的直觉,非常依恋她们的伴侣、子女、族群。她们懂得如何适应不断变化的环境。她们勇敢坚强,还有非凡的勇气。

然而,二者都被驱逐和骚扰。她们被误认为吞噬者、诡谲者、攻击者,还被指责低人一等。她们曾是某些人的眼中钉,这些人想把心灵野性环境净化得如同荒野,从而达到灭绝本能。一种相同的掠夺性暴力,源自一种同样的误解,指向狼群和女性。其相似之处令人震惊。

Clarissa Pinkola Estès, *Femmes qui courent avec les loups*, trad. Marie-France Girod, © Grasset, 1996

布封,《自然史》,《狼》(1767)

布封(1707—1788)是一位数学家,后来成为博物学家,他像诗人一样写作。其性格狂热(十八岁时,他为了一个女人在决斗中杀死了一个男人),是著名的《自然史》的作者,这部作品分为三十六卷,专门讨论行星、矿物、动物和人类。在这部论著中,他明确区分了宗教和科学,并根据科学和道德标准对动物进行了分类……他刻画狼群形象的文字可能看起来有些过分,但不应忘记其创作年代(1749—1789),彼时狼在农村地区仍然造成相当大的破坏。

狼的力量很大,尤其是在身体的前部、颈部和下巴的肌肉中。狼嘴里叼着羊,在不让羊碰到地面的同时,还可以跑得比牧羊人快,所以只有狗才能追上它，让它松口。狼撕咬起来很残忍，而且一旦抗拒减弱，它就变得愈发凶猛；因为面对具备自卫能力的动物，狼会采取预防措施。它会顾虑自身的安危，只为生存必要而出击，绝不会逞一时之勇。狼更喜欢活肉而非死肉，但它吞噬了最肮脏的肠道①。狼爱吃人肉；也许，如果它是最强壮的动物，它就不会再想食用其他动物。人们看到狼群跟着军队，成群结队地抵达尸体被简陋埋葬的战场，它们刨出尸体，以永不满足的贪婪吞噬它们，而这些惯于享用人肉的狼群，随后会扑向男人，攻击牧羊人而不是羊群，吞噬女人，夺走孩童等。这些万恶的狼被称为"狼人"，即需要防范的狼。

因此，人们有时不得不武装整个国家以对付狼群。王储们有针对这类猎捕的装备，这并不会引发不悦，反倒大有裨益，甚至极为必要。

我曾在家里饲养过几条狼：只要它们还年幼，也就是说，在第一年和第二年时，它们就相当温顺，甚至很黏人；如果它们吃得饱，便不会扑向家禽或其他动

---

① 垃圾和污秽排泄之地。

物；但在十八个月或两岁时，它们会恢复自然本性，就必须用铁链锁住，以防止它们逃跑和造成伤害。

除了皮毛，这种动物毫无价值；它们被制成粗糙的皮草，温暖又耐用。狼肉极为难闻，以至于所有动物唯恐避之不及，只有狼会心甘情愿地吃掉同类。它们的嘴里会发出一股难闻的气味：为了满足饥饿感，狼会饥不择食地吞下它们发现的一切，腐烂的肉、骨头、头发、被石灰覆盖晒得半黑的皮囊，它们经常呕吐，清空肠胃的次数甚至比填满的次数还要多。总之，一切都令人生厌，粗鄙的面孔，野蛮的样貌，恐怖的声音，难闻的气味，邪恶的本性，凶残的举止，它们令人憎恶，生前有害，死后毫无用处。

Georges-Louis Leclerc, comte de Buffon, *Histoire naturelle* (*Œuvres complètes*, t. XV), 1826.

2. 古老的卡桑德拉

西尔维娅·巴荣·叙佩维埃尔，《视觉语言：卡桑德拉》(2007)

西尔维娅·巴荣·叙佩维埃尔 (Silvia Baron Supervielle)1934年出生于阿根廷一个与儒勒·叙佩维埃尔(Jules Supervielle)有亲戚关系的家庭——是她的祖父，即诗作《万有引力》(*Gravitations*，1925)的作者抚养了后者。西尔维娅·巴荣·叙佩维埃尔起初是用西班牙语写作。她于1961年来到法国，并以法语继续写作。她将阿根廷作家的作品翻译成法语，将玛格丽特·尤瑟纳尔(Marguerite Yourcenar)的作品翻译成西班牙语。她是诗歌和散文集的作者，著有《线与影》(*La Ligne et l'Ombre*，1999)、《写作之国》(*Le Pays de l'écriture*，2002)、《虚无》(*Autour du vide*，2008)和《火之字母》(*L'Alphabet du feu*，2007)。《火之字母》的副标题为《关于语言的小研究》(*Petites études sur la langue*)，它使我们的关注点集中在其文学创作经验的核心。在一本名为"在爱这一边"的集子中，她陷入了发人深省的沉思，其中提到了古老的卡桑德拉，并通过这位预言家、女先知提出了命运之问，叩问由于一种无法掌控、把我们拽向死亡的必然性而发生的无可奈何之事。

无论睁开还是闭上，卡桑德拉的眼睛都不会休息：她拥有预言的天赋，因为她的视觉里隐藏着声音,卡桑德拉希望在不被图像分心的情况下听到声音。这是一首天堂般的哀歌,其歌词由双音节组成,例如战争、爱情、犯罪、德尔菲①、剑等,以回声的方式长鸣。

黄昏时分,她穿梭于神庙的廊柱之间,坐在台阶上;她在纸莎草纸上专注地誊写自己听到的声音。年轻女子的唇上留存着一段秘密记忆的爱抚。自从她感受到它以来,她就洁身自好,让欲望一直保持纯洁,当她在叶片上描画爱的举止时,这种欲望就会增长。在任何情况下,她都不会忘记树叶,尽管她害怕引火烧身,使自己成为牺牲品。同样,她与他人保持距离,寻找阴影来记录声音的路径。

有一天,在橄榄树后面,卡桑德拉听到七弦琴的乐音响起。她看到一个年轻人向她走来,头顶环绕着光环,一支箭刺穿了她的胸膛。刺眼的光芒使她眼花缭乱,踉踉跄跄,双膝跪地;是什么邪物击中了她?她的眼前一片模糊,再也分辨不清山脚下的大海,尽管她听到了呻吟和突然的沉默。她背靠着廊

---

① 著名的阿波罗神殿所在地,皮提亚宣示神谕的地方。

柱吗？傍晚耀眼的光线使倾斜的露台色彩斑斓。

男孩手里拿着一把小七弦琴。他微笑着，走到她面前，优雅地将头歪向一边，然后又开始演奏。他脸上的光芒使年轻女子感到双眼晕眩，拨动的琴弦惹得她伤心。他为她弹奏，歌唱，使前院廊柱的阴影转动，天空涌现出红色、蓝色、浅灰色、寂静的白色。他的微笑使鸟儿放声鸣叫，使大海波涛汹涌，使高处的风肆无忌惮。当他唱歌时，他的目光扫过卡桑德拉的眼睛、嘴唇、脖子、乳房，然后再次停留在她的双眼上，七弦琴的声音向她表白了他的爱。他静静地演奏，琴弦在他的手指下颤动，热情中带着克制。

卡桑德拉从台阶上滑下来，树叶已经离开了她的手；她已无法再书写，更不用说预言了。爱战胜了天赋。她颤抖着，试图直起身子，音乐家的眼睛和嗓音流淌着蜂蜜的甘甜。现在，她只听见他的声音，不再动弹，紧紧抓住支撑她的廊柱，既不能转身，也不能站立，也不能走开。那嗓音啃啮着她的心脏，渗入她的血脉。她闭上了眼睑。

暮色爬上了小山丘。音乐家一边唱歌，一边看着她。卡桑德拉把手放在胸前，试图让自己远离这

163

不绝于耳又摄人身心的迷人噪音。过了一会儿,她踉踉跄跄地站起来,在前院走了几步。箭头的尖端深陷进去。身体前倾,她睁开眼睛,向心爱的人伸出一只手臂,再也不知道他是真实的存在,还是她视野中的幻象;然后轰然倒地,嘴角还挂着微笑。

Silvia Baron Supervielle, *L'Alphabet du feu*, ©
Gallimard,2007.

法国当代文学中的传记想象（2 号文本组）

主要是自 1984 年皮埃尔·米雄（Pierre Michon）的《微渺人生》（*Vies minuscules*）出版以来，通过一系列重建个性生平的尝试，该主题重新回到了法国文学中。人们对记忆问题、意识形态的危机、理论的瓦解重新燃起了兴趣，不再有任何普遍真理或模范旅程，更不用说叙事权威了。

在追忆亲人、历史人物、艺术家或陌生人的生平时，许多作家回归了朴实叙事。传记练习，对主题的重新把握，围绕着一个魂牵梦萦的执念、一些细节、片段来展开，所有这些都是以假设和犹豫为背景。这是一本虚构的传记，也就是说，它既是小说，同时也是对历史现实和文献——涉及该词的两个含义——的反思。

一种与现实错位的凝视，改变了传记的地位，试图衡量一个生命行为，解释它的陌生性和使之变得伟大的微弱之处。

皮埃尔·米雄,《微渺人生》(1984)

随着《微渺人生》的面世,出现了一种新的、讽刺的、兄弟般的声音,一种清晰、罕见的写作,充满了情感内容,即 1945 年出生于克鲁兹地区的皮埃尔·米雄的声音。这第一本书①重新审视并重塑了基于"微渺"概念的传记概念,这个术语与悲惨主义相去甚远,也与极简主义相去甚远②。《微渺人生》由八篇小传记组成(一个奔赴殖民地的农场男孩;两位祖父母;一个可能沦为苦役犯的农民;一位高中同学;一个医院邻居;一位乡村牧师;一个乐于助人的老师;一位死去的年轻修女),以第一人称写成,并用隐晦的手法描绘了叙述者的形象。皮埃尔·米雄为没有记忆或遗迹的人恢复了尊严和身份。

以下摘录出自《班克卢兄弟传》——"以一种中世纪

---

① 第一本书之后是其他书,其"人物"包括梵高(*Vie de Joseph Roulin*,Verdier,1988)、兰波(*Rimbaud le fils*,Gallimard "Folio",1991)、巴尔扎克、辛格里亚(Cingria)、福克纳(*Trois auteurs*,Verdier,1997)……

② 皮埃尔·米雄在接受采访时说:"可以简单地说,我所谓的微渺(小人物)是指命运与计划不匹配的任何一个人,即所有人"(《文学杂志》[*Magazine littéraire*],第 353 期,1997 年 4 月)。

的、朴实的，至少可以说是佛兰德人的疯狂而误入歧途的后代"：两兄弟既是敌人，又是热切的同谋。弟弟雷米，广泛收罗各种藏品；而哥哥罗兰，痴迷书籍。

罗兰，他完全不同，但又如此相似；当然，也不理智，但他的不理智里丝毫不带流氓气，那种略带忧郁、疯癫的玩笑，只会是小孩子崇拜雷米的原因；他的怪诞更纯粹，更鲁莽，更近乎贫乏：没有小饰物，亦无别致的收藏，或突然爆发的叛逆；童稚世界的代码无利可图，没什么可骄傲，只是博得观众，让身边的人，也就是说，我们所有人开怀大笑。他读书。在阅读时，他皱紧小野人的眉头，咬紧下颌，厌恶地撇撇嘴，仿佛一阵持续、必然的恶心把他与讨厌的篇章绑在一起，虽无计可施但又精心解剖着，就像一个十八世纪的放荡者将受害者一块块地切成碎片，只为了肢解，小心谨慎却又毫无品味。他在课外坚持这项令人作呕的活计，直到食堂用餐时间或课间休息，在操场嘈杂的角落里，他隐忍地蜷缩在一株栗子树的树根那儿，沉浸于"绿色图书馆"丛书里折磨着他的那本《你往何处去》(*Quo va-*

dis, 1896)①或其他惊心动魄的历史故事。他的拳头很硬;只要有丝毫的冒犯,他就会勃然大怒,还不厌其烦更欢快地捶打冒犯者;他滑稽的邪趣和永恒的鬼脸引得我们暗自偷笑。就这样,他读着书;他走向操场尽头的小图书馆,离我第一次看到他龇牙咧嘴的阴凉角落不远;如果遇到他弟弟,他们就会嘶叫,如同诡谲的猫被逮住,对世界充耳不闻;然后各走各路或再次抓住对方,如胶似漆地扭打在一起。我思忖着他们在圣-普里耶斯-帕吕共同度过的星期天会是怎样,他们好不容易才从那里出来,在朝向让蒂乌的嶙峋高原上,在这片荒地的一个破农舍的屋檐下,在这里欧石南和清泉都难以用粉色和清凉擦破贫瘠花岗岩的粗糙护甲:在此处阅读《萨朗波》②有一种无法言述的滑稽;除了积攒不起的系列和流转不变的四季、父亲疲惫的咒骂、羊群的头颅,什么样的藏品能从中萌生,包括收藏的想法本身? 但是,他们的小物件在冬天傍晚六点时被乱七八糟地丢在大桌子

---

① 波兰作家亨利克·显克维支(Henryk Sienkiewicz, 1846—1916)的长篇历史小说。

② 居斯塔夫·福楼拜的历史小说(*Salammbô*, 1862)。

上，灯光的幻影下书本和陀螺被大桶里的鲜奶溅污，我可以很容易地看到他们，就像他们的母亲透过窗户看到他们一样，在夜色将至的旷野中，毫不停歇地追寻、靠近、相认、拥抱、再次扭打在一起，将拳头挥向黑冷杉，献给第一次飞翔的猫头鹰，献给那些被拴在地上的狗，它们朝着振翅之鸟狂吠，小祭司们裂开嘴唇，含着苦涩、虔诚和饱受摧残的眼泪。在冷杉树那翻涌的胡髭中，古老的疾风更看好两者中的哪一个？也许有人会选择一个而毁掉另一个，又或者选择其一是为了更好地将之毁掉，只是我们尚不知晓是哪一个。

热拉尔·马瑟，《前世》(1991)

出生于 1946 年的热拉尔·马瑟（Gérard Macé）自1974 年以来一直在编织一系列作品，这些作品既绚丽多彩又逻辑缜密，无情地质疑记忆、海市蜃楼、死者的生平和现实的恩典。他希望知识是芝麻，诗歌不要剥夺思想，思想不要阻止歌唱。他的每本书都在叙事与遐想，博学的传记与变形的自画像的边缘，以散文诗（*Bois dor-*

mant，2002)、散文或叙事的形式，对比两个人、两个时代或两部作品。在《福尔图尼的外套》(*Le Manteau de Fortuny*，1987)中，他将福尔图尼的长袍与普鲁斯特小说的情节相结合。在《最后的埃及人》(*Le Dernier des Égyptiens*，1988)中，他通过商博良对费尼莫尔·库珀(Fenimore Cooper)和《最后的莫希干人》(*Le Dernier des Mohicans*)的迷恋来讲述商博良的生平。在《时间的另一个半球》(1995)中，他谈及麦哲伦、瓦斯科·达·伽马和克里斯托弗·哥伦布。在《前世》中，他被十几个人物的鬼魂所困扰(从伊索到亨利·米肖，从埃及书吏到中国画家苏仁山)。在他追述的众多幽灵般的生平中，克蕾莉亚·马奇(Clelia Marchi)是其中之一，她为丈夫的去世感到悲痛，于是在床单上写下他的故事。

那是几年前，在曼图亚省①：在丈夫被汽车撞死后，克蕾莉亚·马奇想通过讲述逝者的劳作和时光、牺牲和痛苦来纪念他，可他这一生几乎没有什么可圈点之处，更谈不上付出了什么心血。在密密麻麻

———————

① 曼图亚是位于(意大利北部)伦巴第的一个小城。

写满了数本无人问津的笔记本之后，她可能联想到母亲传给女儿的祈祷书的页面或绣有首字母的床单，那些财产富足的家庭也拥有很多的纪念品，于是她便着手制作一件遗物：在一张大床单的正中间和最上面，像包装礼物一样，她用粉色丝带装饰着，在一个蕾丝徽章上放置一位永恒未婚夫的脸庞，这是基督的脸庞，他像盲人一样仰望天空；然后在照片阴郁的光线映衬下，两边摆着她自己和丈夫的肖像，在不同的时间，天人永隔，他穿着灰色西装，她穿着碎花连衣裙；此外，就像在褪色的明信片上，人们会看到一个士兵将一束玫瑰递给他的未婚妻，附着一首朴实的诗："我把你的名字写在雪上，风却抹去了它。我把你的名字写进心里，它便留在了那里。"

珀涅罗珀不再等待任何人的归来，也不需要拆毁她的作品，因为她不再被人追求①，克蕾莉亚·马奇开始写作，将每个单词都大写，以便更好地颂扬她丈

---

① 对荷马史诗《奥德赛》的隐射。在特洛伊战争十多年后，奥德修斯仍然没有回到伊萨卡，许多追求者挤在他的妻子珀涅罗珀身边，要求她选择其中一位作为自己的丈夫。为了逃避他们，她假装在为公公拉埃尔特斯织完寿衣之前不能缔结新的婚姻，每天晚上她都会拆掉白天织好的布料。

夫荣耀的躯体，并通过与读者对话来避免遗忘：祝圣献词之后，以众神赐予诗人首行诗的方式，或以故事讲述者的方式，从第一句话开始，他们的声音就像仁慈之衣一样包裹着观众。她自己的声音，贯穿于一个有始无终的句子（还有很多话要说，继续写一直写，以至于她用来书写的床单得"像大海一样宽广"），她的声音是一个年轻老姑娘的声音，就像那些最后的寡妇歌者一样，在布列塔尼、撒丁岛或其他地方，她们的歌声讲述着屈从、迫近的死亡；但是，在这种已经是流浪灵魂的哀叹中，我们也听出了记忆的极度满足。

她从来没有说过一句谎话，"Gnanca na busia"，她用方言说"我发誓"，她的记忆如同呼吸般自然；他手中的寿衣变成了一本光阴之书，时间就像他的笔迹一样紧凑，却并非总是勇往直前。第一个时间点是在冬天，当时还需要在门前破冰，但冬天也是唯一一个还有一点时间上学的季节，克蕾莉亚·马奇看见自己像个丑角，穿着一条男人的裤子和一件用她母亲的一条长裙改成的短外套；她记得衣服和火堆，记得用来装灰的破了口的夜壶，记得在男人回来之前应该在床上睡觉的孩子……然后时间过去了，到了夏天，她在田野里做针线活,把一根硕大的铁丝穿过稻草捆扎机;她不知道自己的身体发生了变化,所以她没有看到另一边那个二十五岁的男人正用一双蓝眼睛盯着她,但当她重新站起来时,她就不再是孩子了,余下之事顺其自然地发生,或者如同时光日复一日:在父母的屋檐下与爱人擦肩而过,暗恋和第一次怀孕;必须忍受的姑嫂群体,另一个孩子要出生了,既非女儿也非儿子,因为很快就夭折了;不是庆典的婚礼,没有桌椅的房子,购买第一个衣柜;孩子一个接一个地出生,一个死于斑疹伤寒,另一个死于非洲热病;战争的黑面包和必须取暖的孩子,一个体弱的女儿和数次求医问诊,最后一个儿子出生于威尼斯医院,就在即将步入金婚的丈夫出车祸之前……一切都说了,却什么都没说,生命像流星一样转瞬即逝,只有拥抱彼此许个愿的时间。至于上帝,克蕾莉亚想到了他,并用了一句令哲学家都嫉妒的表述,他是唯一能克制自己眼泪的人。

她看到这只眼睛总是干涩的,在黎明时分睁开,经历了不眠之夜和长久的孤独,记忆消散。当她夜不能寐时,她告诉自己,如今丰盈的财富正在第二次埋葬她的痛苦，因为很快就没有人会知道他们的贫困是什么了。

为了挽救记忆的无形之物，她把它化为了悲伤之皮。因为她感到困惑，她的散文只是徒劳地堆砌记忆，所以她以自己的方式重新发现了诗人和缮写士的古老仪式：在床单的空白处，她用红墨水写诗，不规整的诗句，留着很多的镂空之处，最终给遗忘腾出了位置，却不再是一处空闲之地。

Gérard Macé, *Vies antérieures*, « Chanson de toile», © Gallimard，1991.

帕斯卡·基尼亚尔，《阿普罗内亚·阿维蒂亚的黄杨木板》(1984)

帕斯卡·基尼亚尔（Pascal Quignard）出生于1948年，他创作了一系列重要且多样化的作品，从小说到散文（《性与恐惧》[*Le Sexe et l'Effroi*]，1994；《性之夜》[*La Nuit sexuelle*]，2007）。作为《小小契约》(*Les Petits traité*，1990)的作者，他有着复杂而好奇的思想，一直很喜欢马塞尔·施沃布(Marcel Schwob)的博学游戏。作为一位风格矫揉的作家,他对小说的形式应付自如,著有《世间的每一个清晨》(*Tous les matins du monde*,1991年出版,被改编成电影)、《罗马阳台》(*Terrasse à Rome*,2000)。2002年,他凭借《游荡的影子》(*Les Ombres errantes*)获得了龚古尔奖。他形容自己是"迷失者的同时代人",对光芒被掩盖之人以及历史上无人问津之人着迷。他怀念原态的朴实生活,孜孜不倦地去打破新与旧、西方与东方、原始与文明之间的界限。

在《阿普罗内亚·阿维蒂亚的黄杨木板》(*Les Tablettes de buis d'Apronenia Avitia*,1984)中,他重塑了公元四世纪末的一位罗马贵族,她保留了自己的日记,或者更确切地说是一种记事本。她在黄杨木板上写下自己计划购买的东西,听到的笑话,触动她的场景,以及通常不感兴趣的一切(爱情回忆、消化问题、好恶):一种微型传记,重现情感展露的小点滴,环绕着那些亲密的岛屿,却比其他任何事情都更能表达自我的强烈张力。

(7) 不同类型的女人

那些认为一切都令人羡慕、妙不可言、闻所未闻的女人是可憎的。

那些觉得一切都渺小、平庸、愚蠢、一文不值、毫无品味的女人是可憎的。

（38）阿尔西米乌斯回忆录

我喜欢昆图斯轻微的鼾声，以及他在睡梦中辗转反侧时呼出的微弱叹息。

（57）黎明的欢乐

我喜欢黎明，晨曦慢慢吞噬暮色。

公园的屋顶和树木逐渐变得清晰。

夜晚、汗水和愉悦的气味，当你脱掉衣服时，你会一点一点地记起。渐渐地，外表回到了本体，就像它被隐藏和伪装一样。

把冷水浇在眼睛上，吞进喉咙里。

（77）冬天的描述

我喜欢清爽的寒冷，纯净的雨或雾，冬天，小巷里的脚步声。

屋顶和大理石上的白霜。

女仆们发髻里的白霜。

非常刺眼的光线。

在孩子、动物、男人、即将打破僵局的小奴隶周围飘荡的气息。

我喜欢看到火盆里燃烧的木炭和靠近火盆的身躯——身体的各个部位根据每个人的欲望和狂热向他们伸展。

(105) 普莱库萨的话

普莱库萨谈到她的丈夫时说,他的屁股上长满了毛发,灵魂却被剃光了毛。

(162) 小索菲乌斯的一句话

普布利乌斯说,没有痛苦,没有喜悦,没有失望,没有希望:

以什么名义抱怨和受苦? 当我们不快乐时,我们对宇宙有什么假设? 当我们声称将幸福握在手中或拥抱着代表希望的身体时,我们对宇宙有什么假设? 出生、太阳、身体的形态、文明社会、空气、死亡都不能告诉我们什么。

Pascal Quignard, *Les Tablettes de buis d'Apronenia Avitia*, © Gallimard, 1987.

帕特里克·莫耶斯,《被遗忘的生命》(1988)

帕特里克·莫耶斯(Patrick Mauriès)出生于 1952

年，是一位充满激情的纨绔子弟、美学家和意大利疯子，较之名人，他对小人物更为敏感，他将自己的激情融入书籍之中。他曾是罗兰·巴特(Roland Barthes)的学生，著有多篇从不同角度研究品味史和艺术史的论文。除了《平行地》(*Les Lieux parallèles*，1989)、《几家意大利咖啡馆》(*Quelques cafés italiens*，2001年)和《关于人类的跑题》(*Sur les papillonneries humaines*，1996)之外，他还出版了两部小说：《眩晕》(*Le Vertige*，1999)和《偶然之果》(*Les Fruits du hasard*，2001)。他执掌着散步者出版社(Le Promeneur)，旗下的丛书"文人书房"(Cabinet des lettrés)定义了他对书迷的理解："那些热爱书籍的人在不知不觉中构成了一个秘密社团。他们的选择永远无法与商人、教授或学院的选择相提并论。他们不尊重他人的品味，而是将自己栖身于缝隙和褶皱、孤独、健忘、时间的边缘、热情的习俗、灰色地带之中。他们本身就形成了一个人物小传的藏书楼。"

他痴迷于怪人(《可恶的伯爵》[*Le Méchant Comte*]，1992)和被遗忘的人物，在《被遗忘的生命》的十篇微型传记中，他以约翰·奥布里(John Aubrey)的方式突出了一系列境遇和怪事，重现了他笔下每个"角色"的个性及其作品的独特性。以下是致敬意大利摄影师和家具设计师卡洛·莫利诺(Carlo Mollino)以及画家兼作家菲利波·德·皮西斯(Filippo De Pisis)的开头段落。

卡洛·莫利诺

也许某些夜晚，他去了人烟稀少、有点危险的都灵，带回了一个在车站附近出没的头发秀美、身材丰满的女人；让她披上黑狼皮草，戴上红缎手套，穿上夸张的靴子；并在他为自己保留的一个秘密房间里，一丝不苟地布置背景，调整取景，把她定格在一张照片中。随后，他修饰了宝丽来照片的珍珠色调，淡化短柔毛，弱化臀部，使身躯的色彩达到温和、柔软、明亮的状态。最后，在已经达到了这种高级的媚俗之后，他最终将其凝固在一层薄薄的清漆下，同时用一种惯常方式为照片上光。

菲利波·德·皮西斯

菲利波·德·皮西斯痴迷于鹦鹉。他有三只鹦鹉；经常与它们合影；在前两只鹦鹉逃逸后写下了绝望的笔记，并向他的朋友们寄赠了一根逃逸的禽鸟的羽毛。最后,毫无疑问,在极度满足的时刻,他自制信笺,上面装点着这句话(巴尔扎克式的,其评论者说):"巴黎有人拥有这样的鹦鹉吗?"

© Patrick Mauriès, *Vies oubliées*, Rivages, 1988.

盖伊·戈菲特,《板岩与雨之魏尔伦》(1996)

1947 年出生于阿登地区的盖伊·戈菲特(Guy Goffette)在很小的时候就感受到了边界的召唤。他是一位与童年时生活的那片土地密切相连的诗人,先后做过教员、印刷工和二手书商。他是一个永远在路上的人。他写道:"我这个边疆人是一种奇怪的动物,属于两足动物,毛发稀疏。无论他走在山上还是城市的人行道上,人们都可以通过其步伐认出他:高昂着头,脸朝向天空,他大步流星,从不回头,仿佛他必须在夜幕降临前不惜一切代价越过边界。……然后,他写了很多明信片却忘记寄送,这些明信片被收集起来后,最终制作成书,可能会在他之后继续跨越国界。"

作为诗歌和小说集的作者,他还著有与画家皮埃尔·博纳尔(Pierre Bonnard, *Elle*, *par bonheur*, *et tou-*

jours nue，1998)、魏尔伦(Verlaine)有关的书籍。

《板岩与雨之魏尔伦》(*Verlaine d'ardoise et de pluie*)是一本关于友谊的诗歌传记,也是一位诗人追随另一位诗人脚步的内心传记。

因为,毕竟,一个人与那堆被复述了百遍的秘密截然不同。在与他相关的故事之中及之外,完全是两码事,就像一个没有边界的国度,地平线只取决于目光之所及。

当你不曾入梦时,这是一个梦想之国,当一切沉睡时,甚至自己也陷入沉睡之中,这便是那引您入境之梦。当您醒来时,它会粘在您的皮肤上。它轮流填满您,又清空您。丰盈和匮乏,收缩,溢出,返流,使人像大海一样,从自己的此岸走到彼岸。把他引入歧途,推翻他,揭露他。

因为诗人永远是一个行走的国度,有时是跛脚的、破碎的、颠簸的、蹒跚的,随便大家怎么看,但总是向前站立,像森林一样高耸,即使人们看到的总是他在地上的影子,或者他的倒影。对于那些认为自己理解他的人来说,幻觉是完整的。他自己却完全不懂。让自己被带到此处,彼处,/如同/枯叶。去,活着,振动,蓬乱,醉心享乐。嘲弄他的形象或沉溺其中。无论如何,他总是不满意,在他的语言中拖着一个流放的土地,一个回声的天堂。

其他一切都是文学。

Guy Goffette,*Verlaine d'ardoise et de pluie*,©
Gallimard,1996.

克洛德·路易-孔贝,《玫瑰时代》(1997)

克洛德·路易-孔贝(Claude Louis-Combet)出生于1932 年,是醉心神话幻想的冒险家,也是善写神圣欲望和神秘痴狂的作家。他五岁丧父,十八岁进入神学院,甚至宣誓,但偷偷阅读尼采和萨特使他在 1953 年脱下了教袍。他重拾哲学和美学,结婚并成为一名教员。他的第一本书《地狱疟疾》(*Infernaux paluds*)可追溯到 1970年。大量作品紧随其后:长篇小说、故事、短篇小说、散文、诗歌和译作。其中包括《马里努斯和玛丽娜》(*Marinus et Marina*,1979),《皮特比特》(*Beatabeata*,1985),《受伤,黑荆棘》(*Blesse,ronce noire*,1995),《求助于神话》(*Le Recours au mythe*，1998)，《德鲁翁游荡》(*Les Errances Druon*，2005)。

《玫瑰时代》讲述利马玫瑰的生平，她生活在征服者时代，是拉丁美洲第一位得到官方认可的圣人。在书中，这位秘鲁处女的自我惩罚、自我毁灭、鞭笞谵妄倾泻了肉体和信仰未实现的所有暴力。文本巧妙地呈现了作者所珍视的神话传记写作。克洛德·路易-孔贝将这个故事描述为记忆（他的经历、梦想、激情和阅读）与他选择的传记主题（历史、神话、传奇）之间的爱的相遇。一种毫无保留地参与生命和人格本质的形式。一种将他的梦想和执念与其笔下的人物融合在一起的独特方式。一个经常被叙述者的评论打断的名副其实的诗意过程，就像下面的摘录一样。

> 我的立场远非明确和简单。它本质上是一种写作的立场，一种审美承诺，它只能建立在不确定的基础上，在对立关联的模棱两可中。我们当中至少有两个人密不可分地介入了表达行为：一个是不可知论的成年人，他记得自己曾是信徒，另一个是他内心的孩童，充满了感触和幻象，总是惊叹于超自然的密

集存在。……如果我想唤起某个女人，某个神秘的圣人，例如这朵玫瑰，那不是为了证明一个论点，甚至不是为了构建一个历史对象，而是来自一种极端的经验，我想在语言和文本中展露其阴暗的背景。除了因女性特质和圣洁而选中的例子之外，还有一张赤裸的、毫无特征的脸，一个丰满的身躯，以及这张脸庞和这副身体的无限和不确定的内在性，我还没有完成构想。我在这里表达一种敏感的愿望，它源于永恒的过去，与理论建构或历史重建没有丝毫关系。

Claude Louis-Combet, *L'Âge de Rose*, ©
José Corti, 1997，第 152 页。

[叙述者]将试图从他自己的过去中追寻玫瑰的陋室。他的钦佩——带着一个在虔诚（曾经）和好奇心（如今）之间坐立不安的男人的谨慎，他爱这个高个子的年轻女孩，她长时间地藏匿，每天至少十个小时，在花园深处的小屋中，祈祷和冥想，停止行动，独自一人与她的身体，除了让她的灵魂颤抖之外，什么也不做。他，如今的叙述者，承诺所讲述的文字绝不构成一种精神追求——因为在语言之外，话语的领

域是完全荒芜的,没有理由期待相遇或任何内在的启示(因此在写作的最后,存在将永远是它的本来面目)——臻于完善的神话传记作家,再一次,围绕着一个令人困惑的女性形象,他发现自己还能在与现实相距甚远的地方体验极度的恐慌、焦躁的欲望、沉沦的悲惨,这些都绝对支配着他,而他却与熟悉的人类群体保持距离,将自己孤立起来,完全退缩到一个封闭的地方,与他的身体独处,除了让她的灵魂崩溃之外,什么也不做。

同上,第170页

克里斯蒂安·加尔桑的访谈

里夏尔·布兰：短篇小说，故事，长篇小说，诗歌……听起来好像有好几个克里斯蒂安·加尔桑。您觉得您是身兼数任吗？这种写"小传"的愿望是为了满足什么需求？

克里斯蒂安·加尔桑：大约十五年前，当我写《生命如歌》时（《被偷走的生命》稍晚一些），我读过一些吟游诗人的小传，苏维托尼乌斯的《罗马十二帝王传》，但尚未读过约翰·奥布里的《名人小传》（那是以后的事了，我们在《被偷走的生命》的《莎士比亚》一篇中可以找到它们的回声），以及瓦萨里的《艺苑名人传》中的一些摘录。我的计划是书写杰出人物的生平，或者曾是名人而今盛名不再，或者曾经存在过的无名之辈，或者纯属虚构之人，并将他们混杂在一起，通过揭示相同之处、共同的困扰、死亡等来消除他们之间的差异。以吟游诗人的方式——或多或少是想象的生平——以及苏维托尼乌斯的方式——将微小的细节、轶事与实际事件（至少就杰出人物而言）杂糅在一起。随着时间的流逝,想象力占据了上风:《被偷走的生命》中的纯虚构角色比《生命如歌》中的要多得多。

至于使用此种笔调来创作我的第一本书的这种"需求",而非借用更"传统"的体裁,比方说,小说,我后来才涉足,我发现很难定义这一点。毫无疑问,这是一个定位自我的问题,也就是说,在某种程度上,表明立场:"这就是我所在的地方,在艺术中,在历史中,在文学中,这里才是我真正的位置。写作,首先是为自己而作(起初我没有料想到这些文本会被发表),其次是向外界传递一个在我看来比我平常展示的我更符合自身形象的自己。这涉及自我建构的问题,也是一个领域界定的问题。为此,这些文本和这种形式,绝对是非自传性的(在我看来,因为显然,没有什么是那么简单),还有这些所谓的范本。

布兰:我们是否应该从"被窃取的"生命的意义上来理解《被偷走的生命》这个书名? 如果是这样,偷了谁的或偷了什么? 我们是否应该将这个书名与"被盗照片"一词进行比较——无可奈何被盗的生命? 既然如此,我们甚至可以称之为窥淫癖吗?

加尔桑:《被偷走的生命》,当这个书名出现在我面前时,它显然是:"从遗忘中偷来的"。《生命如歌》的写作,以及后来的《被偷走的生命》,无疑至少在一定程度上来自我有一天在做家谱研究时所经历的一种眩晕:面对成百上千个堆积在岁月之井中的生命,却只有两到三个日期来概括一生,那些最远古者有时只有一个(离世)。那些交杂、模糊、被遗忘的生命,像我的生命一样丰富、不可复制和复杂,可除了名字和这些日期之外,什么都没有留下。《生命如歌》的最后一篇《多纳泰罗》以挖掘古代雕像之梦结束。这就是我时常会有的感觉:挖掘尸体,让被遗忘的躯体复活,即使他们是虚构的。

布兰:《被偷走的生命》的结构与《生命如歌》相同:按主题分成每组四篇小传的系列。《被偷走的生命》有四个系列,分别是"微不足道的逝者""迷宫""痕迹""童年"。您为"微不足道的逝者"赋予了什么特别的意义?

加尔桑:在我看来,在这本书的布局中,较之其他篇,这些"微不足道的逝者"更像是那些纯洁无辜的人物——或是对孩童伤逝的影射(安布鲁瓦兹·布吕内[Ambroise Brunet])。

布兰：这本书汇集了十六篇"小传"，十六个陌生人和名人的主观肖像——真实的生平、幻想的生平、来自这里或那里的生平。您是如何做出选择的？

加尔桑：这本质上是一个向我的阅读、向意大利和中国绘画致敬的问题——向在智识和美学上滋养和塑造我的一切致敬。这也是，通过罗马帝王（《生命如歌》中）和吟游诗人的角色，向中世纪的"小传"和苏维托尼乌斯致敬。因此，这就是一件贡品。或者一笔要偿还的债务。但渐渐地，虚构人物在我笔下占据了上风。与此同时，还有更多纯属虚构的人物施压于我，并要求他们应得的"存在权"，如果我能这么说的话。在《被偷走的生命》中，只有四五个"真实"的人物，尽管有些角色是以存在的人命名的（例如，杜马斯，但他的生平几乎不为人知）。在《生命如歌》中，只有四五个是真正虚构的：我更多地依赖传记。

布兰：这些生命被寂静、隐秘的美、阴暗思维的悲剧张力所困扰。生命个体被完美再造，非常人性化。一个人如何栖身于他人的躯体？像寄生虫一样生活在记忆深处？是否必须做到什么都不是,谁也不是——正如艾米莉·狄金森的名言所暗示的那样——才能成为全部或所有人?

　　加尔桑:毫无疑问,正如你所说,我们必须栖身于记忆的深处,渗入缺席的时刻,传记的空白里。试图重新建立一种既独特又共通的凝视,即不可复原的凝视,每个人都认为他们有一天会体验到这种凝视。艾米莉·狄金森的诗《成为某人是多么沉闷》讲述了处于独特、完全不可渗透、永远与世界和人类分离状态的无聊、沮丧或折磨。在寂静和时间的褶皱中穿梭,试图达到一种假设的“假期”状态,如果不是空洞状态,总之就是易感状态的话。这让我想起了弗朗索瓦·于连(François Jullien)出版的《平淡颂》(*Éloge de la fadeur*, 1995)一书中关于中国思想的话:平淡不是没有味道,而是所有味道的总和,就像空虚不是潜在性的缺失,而是所有可能性的汇聚。

　　布兰:换句话说,通过创作这些小传,这是在寻找自己内在的他者吗?用迂回法去接近那些从与您相同的需求、青春和绝对来源中汲取灵感的人?

　　加尔桑:比方说,这关乎复原一些与人类经验的“共同财富"有关的东西,克洛德·西蒙(Claude Simon)在某处谈到了这一点——或者说那些伟大的"手稿"(而不是自传作者:蒙田、莱里斯、佩罗斯和其他一些人)设法通过谈论自己来探讨所有人的方式。至于我,显然不会把自己带到那些高度,我希望能够通过谈论任何人探讨每个人(包括我自己)。让这些如此遥远的生命——一些被封存在圣徒传记中,另一些则无人知晓或纯属虚构——成为我们绝对的同时代人。特别是,通过这个构成此书大多数篇章的美学基础的问题:生命归根结底是什么? 人们死后会带走什么? 毫无疑问,细节,微不足道之处,一个属于某人自己的隐蔽愿景,一件轶事,一种气味,一个手势,一次从未表达过的遗憾——但可能不是人们记得的事件。

布兰:除了让我们去感受所有命运奇特而怪异的迷人奥秘之外,这些小传不也是一种质疑虚构与真相、现实与想象之间联系的方式吗? 您的小传远非对现实的简单映射,它们难道不是对现实的反思吗?

加尔桑:当然,但我认为这是文学的一般功能。或者绘画,亦是如此。不管怎样,无论画家还是作家,创作的姿态对我来说似乎都没有太大的不同。我们或多或少地面临着同样的问题：实质问题、形式问题、结构问题；通过想象来质疑真实，试图组织某种混乱，通过已知来复原我们内心的未知。"艺术不是再现可见之物，而是使之变得可见"，正如保罗·克利①(1879—1940)所说。或者，换言之，它是"试图赋予现实以想象的混乱光辉"(马尔罗)。这对我来说很重要。

布兰：那您不是像人们深入神迹森林一样，陷入了这些生命的迷宫吗？带着研究者和寻迹猎人的本能？渴望去倾听那些无声之语？也许，带着去捕捉另一个世界的蛛丝马迹的私密意图，为此您留下了非常优美的文字，"一个被我们自己的感官以外的感官看到、感受和抓住的世界"？

加尔桑：的确是在写作行为当中，才发现自己所写的东西(因为即使预先设定了几个方向，我们也基本上是在写作过程中发现它们的)，类似猎人或探险家的寻踪追捕。逆流而上(2005年伽利玛出版社出版的《机缘巧合》

① 德国画家、漫画家、版画家兼作家。

[*La Jubilation des hasards*]的第一个标题正是《逆流而上》[*La Remontée des fleuves*]),深入神迹森林,追逐猎物。试图到达这"另一个世界",是的,这个源头,一种原始经验,比记忆更古老,很难用几句话来说明。我试图在您提到的书中勾勒出它的模糊轮廓。

布兰:您会说我们只根据失去的东西来写作吗?

加尔桑:是的,也许我们写作、绘画、素描、作曲,只是试图恢复失去的平衡。写作(或绘画)是以感官的震撼、原始的不确定性为前提。如果我们坚定地致力于这个世界,并相信它的正当合理,我们就会积极地参与其中,我们就不会花大量时间缩在某处,用言语或手势来抗争,通常以笨拙的方式,让它们说出我们认为应该说的话。

布兰:您觉得狼修女阿涅丝和艾梅丽·斯旺修女很类似吗?她们都带着自己的欲望而消失——在她们想要的欲望中。因为这些失踪符合您在接受《天使名册》(*Matricule des anges*)①采访时表达的愿望:"我的愿望

<hr />

① *L'Autre Monde*,Verdier,2007.

是消失在我的书中,将自己埋葬在我的文字里。"

加尔桑:可能吧。我还在《墨与彩》中写过一位中国画家吴道子的生平,据说他消失在他刚刚画的风景画的迷雾中。玛格丽特·尤瑟纳尔(Marguerite Yourcenar)的《东方故事集》中的一篇就受到这个传说的启发。除了我在小说写作中集中衡量的"建筑"意愿之外,写作的驱动力之一亦在此,这也并非不可能,即逐渐建立一个栖身之处,一个文字和图像的空间,逐渐描绘出我们自己的位置和我们的凹面肖像。

Appendice

ELISA BRICCO

附录

伊丽莎·布里科

写作与绘画相媲美：传记作家
克里斯蒂安·加尔桑

当被问及《生命如歌》(*Vidas*，Gallimard，1993)的创作时，克里斯蒂安·加尔桑解释说，这本书是"历史人物生活小细节的合集，这些知名人物，或曾经名满天下，如今盛名不再，或不为人知，或纯属虚构"[1]。笔端的形象，画笔划过纸面产生的线条，对于绘画在作者的审美想象中具有显著意义。此外，它还展示了这位作家从事传记写作的另一个基本要素：作者用轻描淡写的笔触即可显露人物生活中的细枝末节和信息，并以此构建一段生命叙事。

绘画是一种一直让加尔桑着迷的艺术形式，他声称在接触文学之前就已经了解艺术，并从中得到了丰富的

---

① Ch. Garcin in «Des vies "littéraires": les fictions biographiques»，5/11/2007，BPI，http://webtv. bpi. fr/fr/doc/2477/Des + vies +%22litteraires%22+：+les+fictions+biographiques

滋养①。大学时代，他得以接近艺术史，开始对西方的传统艺术家产生兴趣，继而兴趣扩大，发现了东方艺术，尤其是中国和日本绘画。他的绘画兴趣从一开始就贯穿于其作品中：《生命如歌》中出现了凡·艾克（Van Eyck）和卡拉瓦乔（Caravage），随后《墨与彩》（*L'encre et la couleur*，Gallimard，1997）中描绘了马萨乔（Masaccio）、马远、吴道子、皮萨内洛（Pisanello）、石涛、皮耶罗·德拉·弗朗西斯卡（Piero della Francesca）。此外，在他的作品书目中，我们发现了一篇专门介绍皮耶罗·德拉·弗朗西斯卡的文字——《皮耶罗或平衡》（*Piero ou l'équilibre*，L'escampette，2004）——以及一篇以古斯塔夫·库尔贝（Gustave Courbet）的画作为切入点的散文——《另一个世界》（*L'Autre monde*，Verdier，2007）。

因此，艺术，尤其是绘画，还有摄影，是一种美学参考，同时提供了巨大的文化背景，而加尔桑的作品则从中汲取主题和图像。在他参加的关于艺术与文学之间关系的圆桌会议上，加尔桑追溯了他热衷于艺术和文学的缘

①　Entretien avec Pascal Jourdana, A l'air libre, Radio grenouille, 4/11/2009, http://www. radiogrenouille. com/audiotheque/a－lair－livre－christian－garcin/

由，并解释了艺术在文学创作中的作用，还提到了他首次发表的文本："这些文本就像是我向阅读中遇到的人物、作家、艺术家偿还的债务，这些人塑造了我，或者至少在我身上培养了审美意识。[……]我想，如果我没有接触艺术史，参观博物馆，研究艺术与图像之间的关系，以及所有这些所引发的既与历史相关，也与人类在历史上的烙印有关的问题，我可能永远都不会亲自提笔创作。"①

通过"偿还债务"，《生命如歌》和《被偷走的生命》的作者还将自己置于普鲁塔克（《希腊罗马名人传》）、苏维托尼乌斯（《罗马十二帝王传》）、圣徒传、中世纪"小传"以及离我们更近的作家的传记传统的传承中，例如马塞尔·施沃布的《假想人生》（1896 年）。他在《生命如歌》出版后阅读了此书，并在其中发现了与他自己作品的联系。尽管这两个标题都唤起了古老的传统，但这些系列中短文的体裁非常新颖，因为人物的生平不是按时间顺序讲述，而是以简短的段落勾勒出一些存在特征并组成剪影而非个体。加尔桑参与了二十世纪最后几十年在法

---

① 《Entretien sur le rapport entre art et écriture》, in E. Bricco (dir.) *Le Bal des arts. Le sujet et l'image: écrire avec l'art*, Macerata, Quodlibet «Ultracontemporanea», 2015, p. 350—351.

国发生的传记写作的复兴，这一时期许多作家创作了追溯杰出和知名人物、鲜为人知甚至不为人知的人物以及虚构人物传记的作品。这是一个大规模现象，呈现出多种情形，并在一些作家、文学项目和出版社中产生反响；这种现象证明了人们对各种传统的、面目一新的传记叙事的真正热衷。正如马丁·博耶-温曼（Martine Boyer-Weinman）所解释的那样，我们"自 1980 年代以来一直在目睹传记表达的创新形式的出现"[①]。传记叙事是作者最能利用和改造的形式之一。因此，一个新的"标签"诞生了："传记式虚构"，它回顾性地汇集了最接近欧洲传统的文本和最新颖的混合形式，随后评论家将其定义为传记式虚构[②]。事实上，它与经典传记有很大差异，最重要的是，"人生"（vie）这个词不再适合于表述这类文本，因为其中真实生平的元素经常被简化为寥寥数语，例如时间指示或不加评论的轶事。传记式虚构是很少出现真正

---

① M. Boyer-Weinman, *La relation biographique: enjeux contemporains*, Seyssel, Champ Vallon, 2005, p. 7.

② A. Gefen, «Le genre des noms: la biofiction dans la littérature française contemporaine», Blanckeman, Bruno, Marc Dambre, Aline Mura-Brunel (dir.), *Le Roman français au tournant du XXIᵉ siècle*, Paris, Presses Sorbonne Nouvelle, p. 305—319, 2005, http://books.openedition.org/psn/1675ff.

传记数据的文本，其中虚构的成分很大。正是出于这个原因，根据亚历山大·格芬（Alexandre Gefen）的说法，传记式虚构是"不为一切证据所束缚的传记"①，真理问题现在已经过时了，我们更欣赏作者的创作能力和写作的部署。

当向出版商提交《生命如歌》的手稿时，克里斯蒂安·加尔桑并没有意识到他正在进入一个蠢蠢欲动的文学创作领域，而让-贝特朗·庞塔利斯（Jean-Bertrand Pontalis）——伽利玛出版社的"自我与他者"丛书主编——明白这些传记是非常现代的。正如我们在上面提到的，作者想向培育他的作家偿还债务，他也想"开辟自己的领地"②，将自己融入一个可以代表他的空间，在那里他可以感到自在。毫无疑问，偿还债务也可以使他摆脱对来源的义务，并激励他进行新的文学冒险，就像他后来致力于创作长篇小说、中篇小说、游记等一样。

加尔桑创作的传记（vies）是简短的传记式虚构，作者通过一些草图建立一个背景，提供有关地点和时期的

---

① A. Gefen, *Inventer une vie*, *La Fabrique littéraire l'individu*, préf. Pierre Michon, Paris, Les Impressions nouvelles, 2015, p. 306.

② Entretien radio grenouille, *cit*.

信息，尤其是人物的生活。文本中出现的少数传记字符和事实元素通常与存在的基本事件有关：出生，死亡，爱情的诞生。因此，作者呈现给我们的是一片梦幻般的风景，一个均匀的时空，能够容纳这些微小的传记符号，使人物植根于现实，并创造一种超现实，将他们全部包含在书中。重要的是，他一篇接一篇地写作，并未考虑汇编成书：后来出于明显的编辑原因，才必须进行合集的构思。因此，目录是在成书之后编成的，根据文本中的某些共同元素确定主题标准来安排不同的人生。《生命如歌》中有"沉默""距离""遗弃""战斗""遗忘"和"逃逸"；《被偷走的生命》中有"微不足道的逝者""迷宫""踪迹""童年"。除了主题标准之外，通过观察这两本书的目录，我们还可以通过以下方式建立其他分组，例如传记人物的特殊性，特别是在历史、艺术史和他们所熟知的文化中扮演的角色。其中，不乏艺术家：凡·艾克和卡拉瓦乔等画家，以及雕塑家多纳泰罗；罗马皇帝：凯撒和尼禄；吟游诗人：兰博·多朗日（Raimbaut d'Orange）、吉勒姆·德·卡贝斯当、戈塞尔姆·费迪；诗人：卡图卢斯、博纳旺蒂尔·德佩里耶、井原西鹤、艾米莉·狄金森；作家：玛丽娜·茨维塔耶娃、鸭长明、安布鲁瓦兹·布鲁内、阿格里帕·

德奥比涅和威廉·莎士比亚；哲学家：提亚纳的阿波罗尼乌斯、第欧根尼、毕达哥拉斯；学者路易·加洛·德·查斯特伊（Louis Gallaup de Chasteuil）和人文主义者艾蒂安·多莱；历史学家皮埃尔·维达尔，歌剧演唱家凯瑟琳·费里尔（Kathleen Ferrier），卡桑德拉等神话人物，伯大尼的马利亚和拉撒路等圣经人物及圣伯纳等宗教人物；以及虚构的阿兰·让蒂等角色。

这两本书非常丰富和多样化，即使从加尔桑重建的时代范围来看亦是如此。我们可以标出几个重要的时期：古希腊罗马时期，我们可以将基督教历史上的人物归于这一时期，如伯大尼的马利亚和拉撒路；其次，我们可以将注意力集中在中世纪和文艺复兴时期，包括吟游诗人、人文主义者和艺术家，其他世纪的代表性要少得多。因此，我们就能够确定作家想要偿还债务并从中汲取灵感的时代，而那些遥远的过去则最具代表性。

如前所述，同样的氛围从一个文本浸染到另一个文本：它产生于一种感觉，即命运将其法则烙印在人们的生命中，也源于一种信念，即每个人的命运是不可避免的，人必须适应它。生命的重要时刻是生活中最现实的事件：出生与死亡、爱情与友谊、相遇，还有对责任的尊重、在敌对环境中为生存而奋斗、激情的心碎和疯狂的深渊、最黑暗的绝望和最疯狂的幸福。克里斯蒂安·加尔桑所描绘的人类在寻觅一些东西，他们为生存而战，并经常选择孤独来寻找抚慰或喘息的机会。

为了将这些男男女女搬上舞台，作家通过连续性笔触构建文本：在指出了一些基本特征，使人物处于一个时代和一种氛围中之后，便自由发挥幻想，挖掘生命的褶皱并想象各种情形，他构建个人和亲密的事件，把我们带入传记人物的思想，让我们感知他们的感受和情绪。一个个剪影逐渐形成，人物性格也变得丰满。例如在《生命如歌》中，我们通过包含一系列不同信息的段落来了解卡图卢斯的生活，这些段落使读者能够进行整体考量，以其推论填补文本各部分之间的空白，就像漫画书读者对画幅之间的空间所做的那样。文本首先提到了拉丁诗人去世的地方"塞尔米奥"（今意大利北部的西尔米奥），接着我们回到他的出生地维罗纳，并关注他在罗马的行踪和社会生活。有一段专门讲述了他的外表以及他与他的灵感来源缪斯女神克洛迪亚的恋情。在一些小细节中，文本描述了成年后的卡图卢斯，讲述了他的文学倾向、他的经济问题、他不安分的性格和他为不幸的爱情所吃的苦头，并提到诗人不被任何人认可最终以沉默结束。读者见证了人物的沧桑，他的不幸以及他从罗马舞台上慢慢消失的故事。卡拉瓦乔的一生始于鲁本斯对这位意大利画家的一幅画的钦佩，这幅画被资助者们拒绝了。这立刻让我们看到了画家的忧虑，因为他的创作能力已经到了极限，被犯罪倾向和卓绝艺术所折磨。我们把他的作品置于舞台前，然后根据他的坏脾气来塑造人物形象，他的坏脾气和他的艺术才能一样令人印象深刻。故事重点讲述他在画室中的训练，他在让潜在赞助人认可他的艺术时遇到的问题，他的初恋，他的第一次争吵和他的成功。

诗人艾米莉·狄金森也出现在《被偷走的生命》中。由于她一直住在其出生地，从未离开，文中首先介绍了她的出生地，其次是它周围的乡村。继而提到了她生命中的挚爱，禁忌之恋和不幸之爱。为了谈论她的倾向和作品，作者从过去时写作转向现在时写作，就好像这个女人还在这里，此时此刻，面对读者："你们可能见过她：红棕色的头发，用发带扎着。传说她容貌丑陋，喜爱蜜蜂、蝗虫、睡莲、枝头跳动的鸟儿、沙沙作响的树叶。传说她身上有一种奇特而温柔的光芒，时而会露出那深表歉意的眼神。"①这里的叙述者直接面向读者,暗示了使她能够构成女人形象的要素:强调的并非女作家、她的艺术和诗歌,而是她的形象、她的性格和她存在的谜团。

在这个画廊中,传记式虚构由肖像、轶闻、作家作品的引文和作者的假设组成,所有这些都由异彩纷呈的精妙笔法加以呈现。克里斯蒂安·加尔桑邀请我们通过激发读者的想象力来浏览这个画廊,通过与我们建立一种辩证关系来推动我们参与角色的创造,使他的收藏既独特又迷人。对不同时代人物的刻画和性格的描述表明了他对各种形式的艺术的钟爱,而绘画可以被认为是他所依赖的主要技能,在这些千差万别的生命中留下了均匀的色调。

---

① Ch. Garcin, *Vidas* suivi de *Vies volées*, Paris, Gallimard «Folio», 2007, p. 195.

图书在版编目(CIP)数据

被偷走的生命/(法)克里斯蒂安·加尔桑著;
黄春丽译.--上海:华东师范大学出版社,2024.
(传记式虚构系列).--ISBN 978-7-5760-5078-3

Ⅰ.I565.45

中国国家版本馆 CIP 数据核字 20244KJ351 号

华东师范大学出版社六点分社

企划人　倪为国

传记式虚构系列

被偷走的生命

主　　编　张何之
著　　者　(法)克里斯蒂安·加尔桑
译　　者　黄春丽
责任编辑　高建红　古　冈
责任校对　卢　荻
封面设计　吴元瑛

出版发行　华东师范大学出版社
社　　址　上海市中山北路 3663 号　邮编　200062
网　　址　www.ecnupress.com.cn
电　　话　021-60821666　行政传真　021-62572105
客服电话　021-62865537
门市(邮购)电话　021-62869887
地　　址　上海市中山北路 3663 号华东师范大学校内先锋路口
网　　店　http://hdsdcbs.tmall.com

印 刷 者　上海盛隆印务有限公司
开　　本　787×1092　1/32
印　　张　7
字　　数　75 千字
版　　次　2024 年 8 月第 1 版
印　　次　2024 年 8 月第 1 次
书　　号　ISBN 978-7-5760-5078-3
定　　价　68.00 元

出 版 人　王　焰